2年《ねん》A《エー》組《くみ》探偵局《たんていきょく》

ぼくらの都市伝説《としでんせつ》

宗田《そうだ》 理《おさむ》・作
YUME《ゆめ》・絵
はしもとしん・キャラクターデザイン

角川つばさ文庫

2A《ツーエー》探偵局《たんていきょく》の事件《じけん》ファイル

『ぼくらの学校戦争《がっこうせんそう》』
有季《ゆうき》は英治《えいじ》たちと廃校《はいこう》をおばけ屋敷《やしき》にして、悪《わる》い大人《おとな》と戦《たたか》う!

『ぼくらの怪盗戦争《かいとうせんそう》』
無人島《むじんとう》で国際的怪盗団《こくさいてきかいとうだん》との戦《たたか》い!

『ぼくらの(黒)《ブラック》会社戦争《かいしゃせんそう》』
悪徳企業《あくとくきぎょう》との戦《たたか》い!

**『2年A組探偵局《ねんエーくみたんていきょく》
ラッキーマウスと3つの事件《じけん》』**
会社会長《かいしゃかいちょう》の子《こ》ども誘拐《ゆうかい》や、学校占領計画《がっこうせんりょうけいかく》!?

**『2年A組探偵局《ねんエーくみたんていきょく》
ぼくらの魔女狩《まじょが》り事件《じけん》』**
いじめられっ子《こ》が犯人《はんにん》にされ、命《いのち》をねらわれる。

**『2年A組探偵局《ねんエーくみたんていきょく》
ぼくらの仮面学園事件《かめんがくえんじけん》』**
仮面《かめん》マスクをすると、別《べつ》の人間《にんげん》に変身《へんしん》できる!?

『2年A組探偵局《ねんエーくみたんていきょく》 ぼくらの交換日記事件《こうかんにっきじけん》』
男子《だんし》と女子《じょし》の交換日記《こうかんにっき》は、殺人《さつじん》を予告《よこく》!

『2年A組探偵局《ねんエーくみたんていきょく》 ぼくらのテスト廃止事件《はいしじけん》』
クラス全員《ぜんいん》がテスト100点《てん》の奇跡《きせき》?

**『2年A組探偵局《ねんエーくみたんていきょく》
ぼくらのロンドン怪盗事件《かいとうじけん》』**
2A《ツーエー》、ぼくら全員集合《ぜんいんしゅうごう》!
ロンドン、豪華客船《ごうかきゃくせん》で怪盗《かいとう》と対決《たいけつ》!

**『2年A組探偵局《ねんエーくみたんていきょく》
ぼくらとランドセル探偵団《たんていだん》』**
子《こ》どもを襲《おそ》う、通《とお》り魔事件《まじけん》が発生《はっせい》!

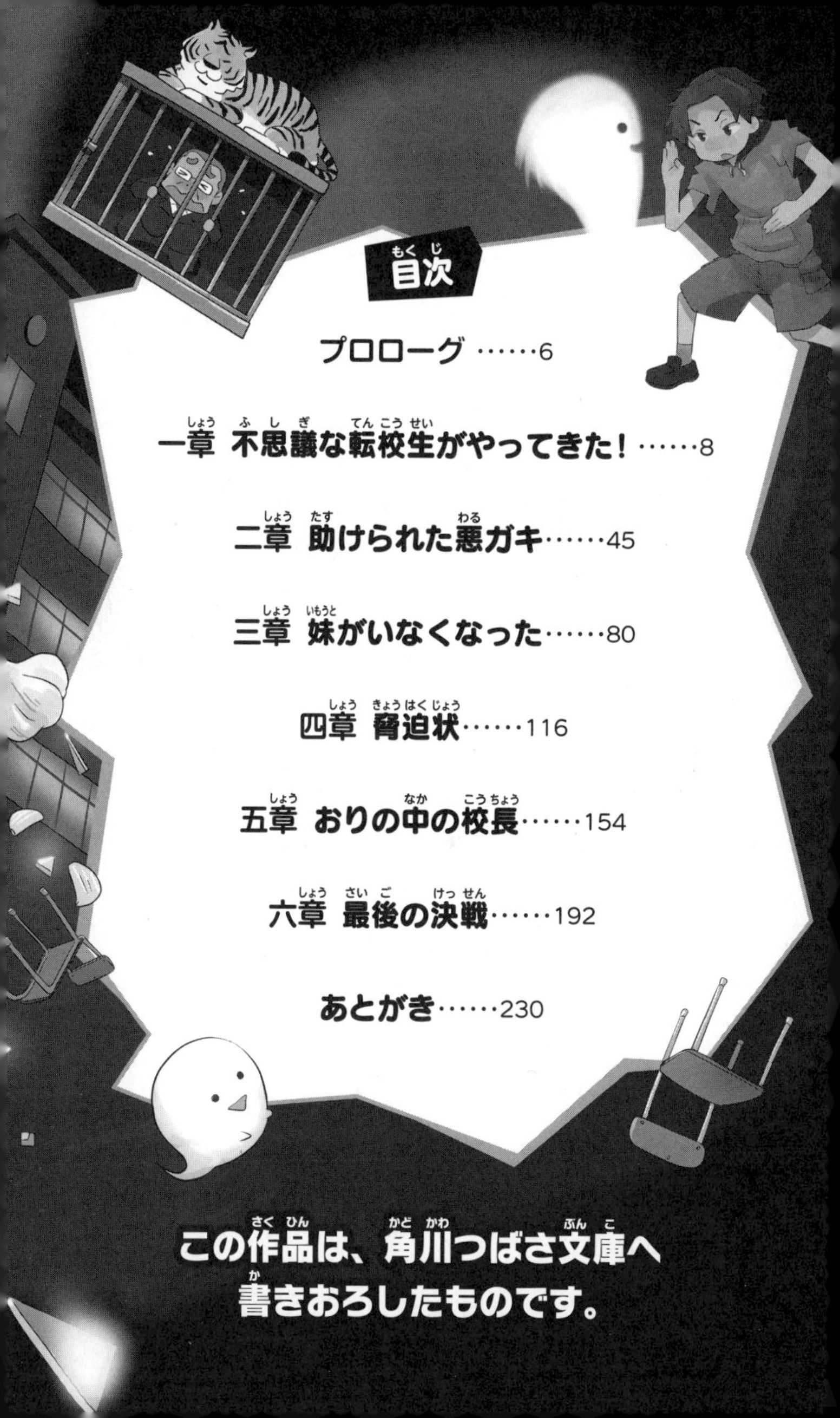

目次《もくじ》

この作品《さくひん》は、角川《かどかわ》つばさ文庫《ぶんこ》へ
書《か》きおろしたものです。

2年《ねん》A《エー》組《くみ》探偵局《たんていきょく》

ぼくらの都市伝説《としでんせつ》

人物紹介《じんぶつしょうかい》

相原《あいはら》 徹《とおる》
英治《えいじ》の親友《しんゆう》。
仲間《なかま》をまとめる
リーダー。
菊地英治《きくちえいじ》
いたずらを
思《おも》いつく天才《てんさい》。
堀場久美子《ほりばくみこ》
得意技《とくいわざ》がケリ、
けんかの
達人《たつじん》。
日比野《ひびの》 朗《あきら》
食《た》べるの大好《だいす》き、
料理《りょうり》も得意《とくい》。
安永《やすなが》 宏《ひろし》
友情《ゆうじょう》に厚《あつ》い、
けんかの達人《たつじん》。
宇野秀明《うのひであき》
電車《でんしゃ》や路線《ろせん》に
くわしい。
柿沼直樹《かきぬまなおき》
医院《いいん》の息子《むすこ》。
キザな性格《せいかく》。
中山《なかやま》ひとみ
水泳《すいえい》が得意《とくい》な
美少女《びしょうじょ》。

プロローグ

「有季《ゆうき》はおばけっていると思《おも》うか？」

『フィレンツェ』にやってきた有季《ゆうき》に、貢《みつぐ》がいきなりきいた。

「おばけって幽霊《ゆうれい》のこと？　何《なに》おかしなこと言《い》ってるの。幽霊《ゆうれい》なんているわけないじゃない」

有季《ゆうき》は呆《あき》れている。

「あれ、もしかして有季《ゆうき》は幽霊《ゆうれい》を信《しん》じてないのか？」

「当《あ》たり前《まえ》よ。そんな非科学的《ひかがくてき》なこと信《しん》じられるわけないわ。ねえ、真《しん》」

有季《ゆうき》は貢《みつぐ》の隣《となり》に座《すわ》っていた真之介《しんのすけ》に同意《どうい》を求《もと》めた。

「いや、ぼくは信《しん》じるよ」

だが、返《かえ》ってきた答《こた》えは意外《いがい》なものだった。

「真《しん》までそんなこと言《い》うの？」

「じゃ、有季《ゆうき》は科学《かがく》で説明《せつめい》できないことは信《しん》じないと言《い》うのか？」

「それはそうよ。信《しん》じられるわけないでしょう」

「ではきくけど、未来《みらい》を予知《よち》できる人《ひと》がいたら、きみはどう思《おも》う？」

「それはインチキだと思《おも》う」

真之介《しんのすけ》は、なんでこんなつまらないことをきくんだろう、と有季《ゆうき》は思《おも》った。

「もしそれが当《あ》たったとしても、そう思《おも》う？」

「そんなことあるわけない。当《あ》たったのは偶然《ぐうぜん》」

「ところが実際《じっさい》にあるんだよ。霊《れい》がいるとしか考《かんが》えられないようなことが」

「真《しん》、ちょっと変《へん》よ。どうかしちゃったんじゃない？」

有季《ゆうき》は思《おも》わず真之介《しんのすけ》の顔《かお》を見《み》てしまった。

「科学《かがく》ですべてが解決《かいけつ》できると信《しん》じているきみは幸《しあわ》せだよ」

真之介《しんのすけ》は、そう言《い》って出《で》ていってしまった。

「変《へん》な人《ひと》」

真之介《しんのすけ》の後《うし》ろ姿《すがた》に向《む》かって有季《ゆうき》はつぶやいた。

一章《しょう》　不思議《ふしぎ》な転校生《てんこうせい》がやってきた！

1

　東京近郊《とうきょうきんこう》にあるK《ケー》市《し》の東部中学校《とうぶちゅうがっこう》には、成績《せいせき》の悪《わる》い生徒《せいと》がたくさんいる。その評判《ひょうばん》は親《おや》たちの間《あいだ》でも広《ひろ》まっており、生徒《せいと》の数《かず》は年々《ねんねん》減《へ》り、今年《ことし》は五十人《にん》しか入学《にゅうがく》しなかった。

　森本哲也《もりもとてつや》は中学《ちゅうがく》二年生《ねんせい》だが、クラスには二十六人《にん》しかいない。その中《なか》の、哲也《てつや》、俊彦《としひこ》、健二《けんじ》、康夫《やすお》は学校《がっこう》でも有名《ゆうめい》なワルで、教師《きょうし》も見放《みはな》している。哲也《てつや》はその四人《にん》のボスなので、言《い》うことを聞《き》かない者《もの》はいない。

　クラスでまともに授業《じゅぎょう》を受《う》ける者《もの》はほとんどいない。まともな授業《じゅぎょう》を受《う》けたい者《もの》は転校《てんこう》してしまったからだ。

　クラス担任《たんにん》は倉地《くらち》という男性教師《だんせいきょうし》だが、生徒《せいと》たちが騒《さわ》いでも、まったく無関心《むかんしん》であった。

　五月《がつ》になって転校生《てんこうせい》がやってきた。こんな学校《がっこう》に転校《てんこう》してくるのだから普通《ふつう》の子《こ》ではない。

「今度《こんど》このクラスに入《はい》ってきた三上広樹《みかみひろき》くんだ。三上《みかみ》くんは悪《わる》ガキじゃない。おとなしい子《こ》だから、いじめたりしないように」

倉地《くらち》が言《い》った。

「いじめるなというのは、いじめてもいいということだ」

俊彦《としひこ》が言《い》った。

「そういうこと」

すぐに康夫《やすお》が相《あい》づちを打《う》った。

「最初《さいしょ》からきついことをやると先生《せんせい》に泣《な》きつくかもしれない。そうとは気《き》づかれないようなやつをやろうぜ」

そう言《い》ったのは健二《けんじ》である。健二《けんじ》は知能犯《ちのうはん》なのだ。だから、かなりの悪《わる》いことをやっても教師《きょうし》には気《き》づかれない。

その日《ひ》の帰《かえ》り、哲也《てつや》たちは広樹《ひろき》を落《お》とし穴《あな》に落《お》とそうと計画《けいかく》した。

「あいつといっしょに帰《かえ》るのはだれにする？」

俊彦《としひこ》が言《い》うと、康夫《やすお》が、

「それは、おれがやる」

と言《い》った。

「じゃ、おれたちは後《あと》で康夫《やすお》の様子《ようす》を見《み》に行《い》こう」

哲也《てつや》が言《い》った。

広樹《ひろき》が帰《かえ》り支度《じたく》をはじめると、康夫《やすお》がそばに寄《よ》って、

「おれといっしょに帰《かえ》ろう」

と声《こえ》をかけた。広樹《ひろき》は、

「うん」

と素直《すなお》に言《い》って、疑《うたが》うそぶりも見《み》せず、康夫《やすお》といっしょに学校《がっこう》を出《で》た。

「きみはどこから来《き》たんだ?」

康夫《やすお》が気安《きやす》く話《はな》しかけると、

「大阪《おおさか》」

と、広樹《ひろき》はぶっきらぼうに答《こた》えた。

「そこの学校《がっこう》、楽《たの》しかったか?」

「うん。友《とも》だちがいっぱいいたから楽《たの》しかった」

「そうか。今日《きょう》からおれたちと友《とも》だちになろう」

「そうしてくれるとうれしいなあ」

そう言《い》いながらも、広樹《ひろき》の顔《かお》はくもっている。

「そのうち、おれたちの仲間《なかま》に紹介《しょうかい》してやるよ。きみはどこに住《す》んでるんだ?」

「本町《ほんちょう》のマンションに住《す》んでる」

「そこに行《い》くなら、近道《ちかみち》があるぞ。知《し》らないだろう」

「そうなの？　知《し》らない」

「じゃ、行《い》こう」

康夫《やすお》が言《い》うと、広樹《ひろき》は疑《うたが》わずについてきた。

「この道《みち》は、おれたちだけの秘密《ひみつ》の道《みち》だ。ほとんど人《ひと》は通《とお》らないんだ」

二人《ふたり》は畑《はたけ》の中《なか》の一本道《いっぽんみち》に入《はい》っていった。

昨日《きのう》、その途中《とちゅう》に、だれかを落《お》としてやろうと落《お》とし穴《あな》を作《つく》っておいたのだ。そこまでもう少《すこ》し。

康夫《やすお》は道《みち》の端《はし》を歩《ある》くようにして、広樹《ひろき》に真《ま》ん中《なか》を歩《ある》かせた。こうすれば、広樹《ひろき》は落《お》とし穴《あな》にすっぽり落《お》ちる。

「どうしてうちの学校《がっこう》に転校《てんこう》してきたんだ？」

「母《かあ》さんが決《き》めたんだ」

「父《とう》さんは何《なに》してるんだ？」

「外国《がいこく》に行《い》っていて、たまにしか帰《かえ》ってこない」

「それじゃ、母《かあ》さんと二人《ふたり》だけか？」

「うん」

あと五メートル、三メートル。

康夫《やすお》は胸《むね》がどきどきしてきた。

落《お》とし穴《あな》が目《め》の前《まえ》に迫《せま》ってきた。あと一歩《ぽ》。

そのとき、広樹《ひろき》がいきなり身《み》をかわしたので、勢《いきお》いで康夫《やすお》が落《お》とし穴《あな》に落《お》ちてしまった。

「どうした?」

広樹《ひろき》が心配《しんぱい》そうにのぞきこんだ。

「だいじょうぶだ」

康夫《やすお》は落《お》とし穴《あな》から這《は》いあがった。

「こんなところに穴《あな》があったなんて。ケガしなかったか?」

「しなかったけど、どうしてよけたんだ?」

「よけてなんかいないよ。気《き》のせいだろう」

広樹《ひろき》はけろりとした顔《かお》で言《い》った。

言《い》われてみれば、広樹《ひろき》が落《お》とし穴《あな》のある場所《ばしょ》を知《し》っているはずがないのだから、よけたとしても、それは偶然《ぐうぜん》だったのだろう。

それにしても、ドジってしまった。後《あと》から来《く》る仲間《なかま》になんと言《い》えばいいのか。

「きみはこの道《みち》を一人《ひとり》で行《い》け。もう少《すこ》しで広《ひろ》い道《みち》に出《で》る。そこを左《ひだり》に曲《ま》がると、きみのマンションだ」

「そうか、ありがとう」

広樹《ひろき》はそう言《い》うと、すたすたと行《い》ってしまったので、康夫《やすお》は仲間《なかま》を待《ま》った。

やってきた哲也《てつや》は、康夫《やすお》の顔《かお》を見《み》るなり、

「おまえが落《お》とし穴《あな》に落《お》ちるなんて、見《み》ちゃいられないぜ。このドジが」

と言《い》った。すると、いっしょにやってきたみんなが笑《わら》いだした。

「あいつがよけたから落《お》ちたんだ」

「いい加減《かげん》なことを言《い》うなよ。あいつがどうして落《お》とし穴《あな》のことを知《し》ってるんだ？　おまえ、ここに落《お》とし穴《あな》があることを忘《わす》れて自分《じぶん》から落《お》ちたんだろう？　正直《しょうじき》に言《い》えよ」

「忘《わす》れてなんかいない」

「じゃ、どうして落《お》ちたんだ？」

広樹《ひろき》にやられたと言《い》いはっても、信《しん》じてはくれないだろう。

ここは、笑《わら》われても黙《だま》るしかない。

康夫《やすお》はそう思《おも》ったので、黙《だま》りとおすことにした。

2

翌日《よくじつ》、学校《がっこう》に行《い》くと、康夫《やすお》を見《み》るみんなの目《め》がいつもと違《ちが》っているのが痛《いた》いほどわかった。

あんなドジをしてしまったことを、クラス中《じゅう》が知《し》ったのだろう。これじゃ、シカトされてもしょうがない。

「昨日《きのう》は近道《ちかみち》を教《おし》えてくれてありがとう。でも、今日《きょう》は元気《げんき》がないじゃないか。どうかしたの？」

広樹《ひろき》が話《はな》しかけてきた。

おまえのせいだとは言《い》えないので、

「別《べつ》に、なんでもない」

と言《い》うと、

「だけど、だれもきみに話《はな》しかけてこないじゃないか。どうしてだ？」

広樹《ひろき》がきいた。

「知《し》らないよ。そんなこと」

「でも、なんだかクラスの様子《ようす》がおかしいな」

「そんなこと、気《き》にするな」

康夫《やすお》は自分《じぶん》に向《む》かって、そう言《い》った。

「そう言《い》うけど、変《へん》だよ」

広樹《ひろき》は不思議《ふしぎ》に思《おも》ったようで、となりの席《せき》の美沙《みさ》に、

「どうして、みんな康夫《やすお》くんを無視《むし》してるんだ？」

ときいた。

「それは落《お》とし穴《あな》に落《お》ちたからよ。知《し》ってるでしょう？」

「康夫《やすお》くんが落《お》ちたことは知《し》ってるよ。ぼくもいっしょだったんだから。でも、あれ落《お》とし穴《あな》だったのか？」

「そうよ」

「落《お》とし穴《あな》って、だれかを落《お》とすために作《つく》るんだろう？　だれを落《お》とそうとしたんだ？」

「広樹《ひろき》くんよ」

「ぼく？」

広樹《ひろき》は自分《じぶん》の顔《かお》を指《ゆび》さした。

「転校生《てんこうせい》は落《お》とし穴《あな》に落《お》とすのが、この学校《がっこう》の通過儀礼《つうかぎれい》なのよ。それが、あなたは落《お》ちなくて、康夫《やすお》くんが落《お》ちたから、みんなからシカトされてるの。わかった？」

「そうか。じゃ、ぼくは康夫《やすお》くんに悪《わる》いことしちゃったんだ。謝《あやま》らなくちゃ」

「あなたが謝《あやま》ることはないよ。自分《じぶん》のドジで落《お》ちたんだから」

美沙《みさ》に言《い》われたが、広樹《ひろき》は再《ふた》び康夫《やすお》のところに行《い》って、

「美沙《みさ》さんに聞《き》いたよ。昨日《きのう》はごめん」

広樹《ひろき》が頭《あたま》を下《さ》げると、

「きみが謝《あやま》ることはない。落《お》とし穴《あな》に落《お》とそうなんて、よくないことだ。謝《あやま》らなくちゃならないのは、おれの方《ほう》さ」

と、康夫《やすお》が言《い》った。

「この学校《がっこう》では、転校生《てんこうせい》をいじめるのが伝統《でんとう》だって聞《き》いたけど……」

「転校生《てんこうせい》だけじゃない。弱《よわ》いやつはみんなさ」

「もしかして、ぼくを弱《よわ》いやつだと思《おも》ったんじゃない？」

「そうだ。きみはやせてて顔色《かおいろ》も悪《わる》いから、いい獲物《えもの》がやってきたと思《おも》ったのは本当《ほんとう》だ」

「去年《きょねん》、いじめで死《し》んだ子《こ》がいるんだって？」

広樹《ひろき》は康夫《やすお》の顔《かお》を見《み》た。

「須藤《すどう》のことだろう。あいつは小学校《しょうがっこう》のときからずっといじめられてきた。だから獲物《えもの》にされたんだ。ウサギ狩《が》りと同《おな》じだよ。みんなでよってたかっていじめたから、死《し》んじゃったんだ」

「須藤《すどう》くんのこと、かわいそうだと思《おも》わない？」

「みんな忘《わす》れちゃったよ。もう須藤《すどう》の名前《なまえ》を口《くち》にする者《もの》はいないよ」

康夫《やすお》の表情《ひょうじょう》に、後悔《こうかい》の色《いろ》はまったく見《み》られなかった。

「じつは、ぼくも前《まえ》の学校《がっこう》でいじめられて死《し》のうと思《おも》ったことがあるんだ」

広樹《ひろき》が言《い》った。

「大阪《おおさか》の学校《がっこう》か？　昨日《きのう》は、友《とも》だちがいっぱいいて楽《たの》しかったって言《い》ってたじゃないか」

「そんなの、うそさ。だから転校《てんこう》してきたんだ」

「そうか。気《き》の毒《どく》だけど、ここも同《おな》じだから覚悟《かくご》した方《ほう》がいい」

「覚悟《かくご》って、どうすればいいの？」

「あきらめるんだな。おれだってこれからのことはわかんないんだから、きみを助《たす》けることはできないよ」

康夫《やすお》は暗《くら》い声《こえ》で言《い》った。

「それじゃ、ぼくはまたやられるね？」

「そう思《おも》った方《ほう》がいい。きみとあんまりしゃべっているとヤバイから、もうやめる」

康夫《やすお》は、あたりを見回《みまわ》しながら言《い》った。

「ごめん」

広樹《ひろき》は自分《じぶん》の席《せき》に戻《もど》った。

すると教科書《きょうかしょ》に、

『コロシノ日ハチカイ』

と、汚《きたな》く大《おお》きな字《じ》で書《か》いてあった。

広樹《ひろき》はとなりの席《せき》の美沙《みさ》に、

「だれが書《か》いたか知《し》らない？」

ときいたが、

「知《し》らない。気《き》をつけた方《ほう》がいいよ」

美沙《みさ》は小《ちい》さい声《こえ》で答《こた》えた。

広樹《ひろき》の様子《ようす》を遠《とお》くから見《み》ていた健二《けんじ》は、

「あいつ、平気《へいき》な顔《かお》してるぜ」

と言《い》って、哲也《てつや》の顔《かお》を見《み》た。

「おれたちをなめてるんだ。今度《こんど》は、もう少《すこ》しきついお仕置《しお》きをしてやろうぜ」

「じゃ、次《つぎ》はおれがやってやる」

体《からだ》の大《おお》きい俊彦《としひこ》が言《い》ったので、

「暴力《ぼうりょく》はまずいぞ」

哲也《てつや》が釘《くぎ》を刺《さ》した。

「わかってるって。おれに考《かんが》えがあるんだ」

「何《なに》しようっていうんだ」

健二《けんじ》がきくと、

「それは知《し》らない方《ほう》がいい。あいつは、だれにやられたのかわからないような方法《ほうほう》でやる。おれに任《まか》せておけ」

俊彦《としひこ》はにやりと笑《わら》ってみせた。

「いつやるんだ?」

「今夜《こんや》だ」

俊彦《としひこ》は健二《けんじ》に言《い》った。

「『コロシノ日《ひ》ハチカイ』って書《か》いたのはだれだ?」

「おれだよ」

健二《けんじ》が言《い》った。

「まずいこと書《か》いたな。それじゃ、あいつに何《なに》かあったら、おれたちのせいにされるぞ。それをわかってるのか?」

「そのくらい、わかってるって。おれが言《い》いたいのは最初《さいしょ》が肝心《かんじん》だってことだ。転校生《てんこうせい》を落《お》とし穴《あな》に落《お》とせなかったことなんて、今《いま》までに一度《いちど》もなかった。これじゃ、みんなになめられてもしかたない。そう思《おも》わねえか」

健二《けんじ》に突《つ》っこまれて、哲也《てつや》は黙《だま》ってしまった。

「俊彦《としひこ》があいつを懲《こ》らしめてる間《あいだ》、おれたちのアリバイを作《つく》ろう。それならいいだろう」

「どうやって作《つく》るんだ？」

「うちの店《みせ》でゲームをやってたことにすればいい。従業員《じゅうぎょういん》が証言《しょうげん》してくれるよ」

健二《けんじ》が言《い》った。健二《けんじ》の家《いえ》はゲームセンターなのだ。

「じゃ、そういうことにするか」

哲也《てつや》は大《おお》きくうなずいた。

3

その夜《よる》、広樹《ひろき》が夕飯《ゆうはん》を食《た》べおわって自分《じぶん》の部屋《へや》に戻《もど》ったとき、スマホに登録《とうろく》のないアドレスからメールが入《はい》った。

『美沙《みさ》が自動車事故《じどうしゃじこ》にあった。場所《ばしょ》は学校近《がっこうちか》くのコンビニM《エム》の前《まえ》。すぐに来《き》てくれ』

メールを読《よ》み終《お》わった広樹《ひろき》は、少《すこ》し考《かんが》えてから母親《ははおや》には何《なに》も言《い》わずに家《いえ》を出《で》た。

コンビニM《エム》に行《い》くには裏道《うらみち》があることを康夫《やすお》に教《おし》えてもらったので、広樹《ひろき》はその道《みち》を走《はし》った。

その道《みち》は、人通《ひとどお》りがまったくない。それに街灯《がいとう》もないので真《ま》っ暗《くら》である。

少《すこ》し走《はし》ると、耳《みみ》のそばで声《こえ》がした。

「待《ま》ち伏《ぶ》せしてるぞ」

広樹《ひろき》は走《はし》るのをやめてゆっくりと歩《ある》きだした。


俊彦《としひこ》は草《くさ》むらに隠《かく》れて、広樹《ひろき》のやってくるのを待《ま》っていた。

さっきメールしたから、五、六分《ぶん》でここにくるはずだ。耳《みみ》を澄《す》ましていると、遠《とお》くから足音《あしおと》が近《ちか》づいてきた。俊彦《としひこ》は黒《くろ》の目出《めだ》し帽《ぼう》をかぶり、持《も》ってきた棒《ぼう》をにぎりしめた。

まずこの棒《ぼう》で足《あし》をなぐる。それから倒《たお》れたところで腹《はら》を蹴《け》る。絶対《ぜったい》に顔《かお》はなぐらない。それなら見《み》た目《め》には傷《きず》がわからないから、学校《がっこう》でも問題《もんだい》にならないだろう。

俊彦《としひこ》は自分《じぶん》の計画《けいかく》にほくそ笑《え》んだ。

足音《あしおと》はさらに近《ちか》づいてきた。

黒《くろ》い影《かげ》が目《め》の前《まえ》に近《ちか》づいたとき、俊彦《としひこ》は黒《くろ》い影《かげ》のすねのあたりをめがけて棒《ぼう》を一振《ひとふ》りした。

この一撃《いちげき》で倒《たお》れるはずなのに、黒《くろ》い影《かげ》は何事《なにごと》もなかったみたいに進《すす》んでいく。

頭《あたま》がかっとなった俊彦《としひこ》は黒《くろ》い影《かげ》を追《お》いかけて、棒《ぼう》を振《ふ》りおろした。しかし、手《て》ごたえがない。黒《くろ》い影《かげ》は相変《あいか》わらず進《すす》んでいく。

これは、いったい何《なん》だ？

背中《せなか》から冷《ひ》や汗《あせ》が出《で》てきた俊彦《としひこ》は、なぐるのをやめて黒《くろ》い影《かげ》について行《い》った。やがて広《ひろ》い道《みち》に出《で》ると、黒《くろ》い影《かげ》はふっと消《き》えてしまった。

その夜《よる》、俊彦《としひこ》は一睡《いっすい》もできなかった。

翌朝《よくあさ》、教室《きょうしつ》に入《はい》ると、広樹《ひろき》が美沙《みさ》としゃべっている姿《すがた》が見《み》えたので、俊彦《としひこ》は広樹《ひろき》の足《あし》を見《み》たが、ケガをしている様子《ようす》はまったくなかった。

広樹《ひろき》は美沙《みさ》とメールのことをしゃべっているのだろうか。だとしたら、広樹《ひろき》がニセ情報《じょうほう》で呼《よ》びだされたことがばれてしまう。

俊彦《としひこ》は知《し》らんふりをして自分《じぶん》の席《せき》に行《い》った。そこには哲也《てつや》が座《すわ》っており、

「昨日《きのう》はやらなかったのか？」

ときいた。

「うん」

昨日《きのう》のことはだれも知《し》らないので、とぼけておいた。

「そうか。それはよかった。おれはおまえが何《なに》かやったのかと心配《しんぱい》していた」

「あいつをやるより、美沙《みさ》をやった方《ほう》がいいという気《き》がしてきた」

「美沙《みさ》に何《なに》をするんだ？」

「おれたちがやるわけにはいかねえから、女連中《おんなれんちゅう》にやらせるのさ」

「それならマサミがいい」

「美沙《みさ》と広樹《ひろき》は仲《なか》がよさそうだから、美沙《みさ》をやっつければ、広樹《ひろき》が出《で》てくるだろう。そのときやるんだ」

「それだったら、おれにいい考《かんが》えがある」

健二《けんじ》が言《い》った。

「言《い》ってみろ」

哲也《てつや》は健二《けんじ》を見《み》た。

「美沙《みさ》を体育倉庫《たいいくそうこ》に呼《よ》びだすんだ。広樹《ひろき》が呼《よ》んでいるってマサミに言《い》わせればきっと行《い》く」

「そこへ呼《よ》んでどうするんだ？」

「ヤキを入《い》れるのさ」

「やるやつはだれだ？」

「千佳《ちか》さ。あいつなら徹底的《てっていてき》にやる」

「体《からだ》に傷《きず》をつけるのはまずいぞ」

「そんなことは言《い》われなくてもわかってるさ。これは広樹《ひろき》には効《き》くぜ」

健二《けんじ》が得意《とくい》げに言《い》ったが、俊彦《としひこ》の表情《ひょうじょう》はさえない。

「どうかしたのか？」

「いや……。それでいいんじゃないか」

俊彦《としひこ》は、昨日《きのう》の夜《よる》に見《み》た黒《くろ》い影《かげ》を思《おも》いだしていた。そのことはだれにも言《い》えないが、あれは何《なん》だったのだろうと思《おも》うと、背筋《せすじ》が寒《さむ》くなってきた。

「よし。じゃ、そういうことにしよう」

始業《しぎょう》のベルが鳴《な》ったので哲也《てつや》が言《い》った。

数分《すうふん》すると、担任《たんにん》の倉地《くらち》が入《はい》ってきた。

「今日《きょう》はめずらしくみんないるな」

倉地《くらち》は教室《きょうしつ》を見《み》まわして言《い》った。

一時間目《じかんめ》は国語《こくご》なので、哲也《てつや》は机《つくえ》の上《うえ》に教科書《きょうかしょ》を出《だ》した。ふと表紙《ひょうし》を見《み》ると、サインペンで大《おお》きく、

『コロシノ日ハチカイ』


と書《か》いてあった。

見《み》たとたん、哲也《てつや》の顔《かお》から血《ち》の気《け》が引《ひ》いた。

教科書《きょうかしょ》は、登校《とうこう》した時《とき》にカバンから出《だ》して机《つくえ》の中《なか》に入《い》れたが、その時《とき》は何《なに》も書《か》かれていなかった。

だれがどうやってこれを書《か》いたのだろう。

哲也《てつや》は前《まえ》の席《せき》の健二《けんじ》の背中《せなか》を指《ゆび》で押《お》した。

健二《けんじ》が振《ふ》りむいたので、教科書《きょうかしょ》を見《み》せた。すると、健二《けんじ》が自分《じぶん》の教科書《きょうかしょ》を哲也《てつや》に見《み》せた。そこには、哲也《てつや》の教科書《きょうかしょ》と同《おな》じように、

『コロシノ日ハチカイ』


と書《か》かれていた。

「だれが書《か》いたんだ？」

「わからねえけれど、おれの字《じ》だ」

健二《けんじ》が言《い》ったとき、

「その二人《ふたり》、何《なに》を話《はな》しているんだ？」

倉地《くらち》が指差《ゆびさ》して言《い》った。

「今日《きょう》は空《そら》が青《あお》いと話《はな》してました」

哲也《てつや》が言《い》うと、

「ばかばかしい話《はなし》をするな」

倉地《くらち》にどなられてしまった。

「はい。すみません」

哲也《てつや》は素直《すなお》に謝《あやま》ったものの、健二《けんじ》が自分《じぶん》の字《じ》だと言《い》ったことが耳《みみ》に張《は》りついてはなれなかった。

広樹《ひろき》の教科書《きょうかしょ》に書《か》いたのは健二《けんじ》だが、哲也《てつや》や自分《じぶん》の教科書《きょうかしょ》にそんなことを書《か》くはずがない。広樹《ひろき》が健《けん》二《じ》の字《じ》をまねてやったにしても、広樹《ひろき》はずっと自分《じぶん》の席《せき》に座《すわ》っていたので不可能《ふかのう》だ。

それでは書《か》いたのはだれだ？

授業《じゅぎょう》が終《お》わるまでそのことが頭《あたま》を離《はな》れなかった。終《お》わるとすぐ、俊彦《としひこ》がやってきた。

「おれの教科書《きょうかしょ》にこんなことが書《か》いてあった」

と、持《も》って来《き》た教科書《きょうかしょ》を見《み》せた。そこには哲也《てつや》の教科書《きょうかしょ》と同《おな》じ筆跡《ひっせき》で、

『コロシノ日ハチカイ』


と書《か》いてあった。

「おれも同《おな》じだ」

哲也《てつや》は自分《じぶん》の教科書《きょうかしょ》を見《み》せた。すると、健二《けんじ》も振《ふ》りむいて、

「おれの教科書《きょうかしょ》にも書《か》いてあるんだ。でも、やったのはおれじゃない」

と言《い》った。

「それじゃ、だれだ？」

俊彦《としひこ》の目《め》が泳《およ》いだ。

「こんなことができるやつはいいねえ」

哲也《てつや》は二人《ふたり》の顔《かお》を見《み》て言《い》った。

それを聞《き》いた俊彦《としひこ》は、また黒《くろ》い影《かげ》を思《おも》いだして、鳥肌《とりはだ》が立《た》ってきた。

あいつならできるかもしれない。

あたりを見《み》まわしたがそんな影《かげ》はなかった。

「美沙《みさ》をやるのは、ちょっと待《ま》った方《ほう》がいいぜ」

俊彦《としひこ》が言《い》うと、哲也《てつや》が、

「なんでそんなことを言《い》うんだ」

とかみついた。

「だって、ちょっと気味《きみ》が悪《わる》いじゃんか。それに、相手《あいて》は女子《じょし》だ」

「それとこれとは別《べつ》だ。おまえほどのやつが、何《なに》をびびってるんだ」

「びびってはいないけど、何《なん》か変《へん》だ。そう思《おも》わねえか？」

俊彦《としひこ》は健二《けんじ》の顔《かお》を見《み》た。

「おれたちは、手《て》を出《だ》さねえ方《ほう》がいいと思《おも》う」

「それなら、マサミと千佳《ちか》にまかせとこう」

哲也《てつや》が言《い》った。

4

「ねえ、いっしょに帰《かえ》ってくれない?」

美沙《みさ》は広樹《ひろき》に頼《たの》んだ。男子《だんし》といっしょに帰《かえ》るなんて、これまで一度《いちど》も経験《けいけん》したことはないが、その日《ひ》は急《きゅう》に広樹《ひろき》と帰《かえ》りたくなった。

「いいよ。いっしょに帰《かえ》ろう」

広樹《ひろき》はあっさりとうなずいた。

「だけど、わたしといっしょに帰《かえ》ったら何《なに》か言《い》われるかもしれない。それでもいい?」

「いいよ。何《なに》を言《い》われたって構《かま》わない。気《き》にすることはないよ」

美沙《みさ》は、これまで男子《だんし》からこんなにやさしい言葉《ことば》をかけられたことが一度《いちど》もなかったので、広樹《ひろき》がお兄《にい》さんになったみたいな気《き》がしてきた。

「きみっていじめられているんじゃない?」

校門《こうもん》を出《で》てしばらく歩《ある》くと、広樹《ひろき》がきいた。

「どうしてわかるの?」

「きみを見《み》てればわかるさ。いつもおどおどしている」

「じつはそうなの。これまで、何度《なんど》死《し》のうと思《おも》ったか知《し》れない」

「死《し》んじゃいけないよ」

広樹《ひろき》に言《い》われたとたん、涙《なみだ》がどっとあふれてきた。

「泣《な》くなよ。ぼくがいじめてると思《おも》われるじゃないか」

「そうね」

美沙《みさ》はハンカチを出《だ》して涙《なみだ》をぬぐった。

「いじめてるやつはだれだ？」

「女子全員《じょしぜんいん》」

「全員《ぜんいん》？　それはないだろう」

「だって、わたしをいじめなけりゃ自分《じぶん》がいじめられちゃうもん」

「ボスがいるんだな。そいつはだれだ？」

「マサミさんと千佳《ちか》ちゃん」

美沙《みさ》は後《うし》ろを振《ふ》りむいたが、人影《ひとかげ》はなかった。

「うちの学校《がっこう》では自殺《じさつ》した子《こ》がいるんだけど、知《し》ってる？」

「知《し》ってる。去年《きょねん》の夏休《なつやす》みに、学校《がっこう》の屋上《おくじょう》からとびおりたんだろう？」

「どうして須藤《すどう》くんのことを知《し》ってるの？」

「それはいい。きみは須藤《すどう》くんと仲《なか》がよかったのか？」

「須藤《すどう》くんはおとなしくてやさしい子《こ》だった。わたしとは仲《なか》がよかったのに何《なに》も言《い》わずに死《し》んじゃった」

「いじめられて、死《し》ねと言《い》われて死《し》んじゃったんだろう？」

「そんなこと言《い》われたって死《し》ぬことはなかったのに。須藤《すどう》くんはわたしと仲《なか》がよかったから、広樹《ひろき》くんも気《き》をつけた方《ほう》がいいよ」

「ぼくはだいじょうぶだ。だれもぼくをやっつけることはできない」

広樹《ひろき》が力強《ちからづよ》く言《い》ったので、

「どうしてなの？」

と、思《おも》わずきいてしまった。

「不思議《ふしぎ》だと思《おも》うだろう？」

「思《おも》う」

「ぼくもきみや須藤《すどう》くんと同《おな》じように死《し》のうと思《おも》ったことがあるんだ」

「ええっ、本当《ほんとう》？」

美沙《みさ》は思《おも》わず広樹《ひろき》の顔《かお》を見《み》つめてしまった。

「本当《ほんとう》だ。ぼくは前《まえ》の学校《がっこう》でいじめられて死《し》のうと思《おも》った。そこで山《やま》の奥《おく》の湖《みずうみ》に行《い》ったんだ。その湖《みずうみ》には人《ひと》はだれもいなかったけど、ベンチがあった。それに腰《こし》かけて湖《みずうみ》を眺《なが》めていたら、ぼくの耳《みみ》のそばで声《こえ》がしたんだ。あたりはだれもいない。それなのにだれかがささやくんだ」

「こわーい」

美沙《みさ》は身《み》をすくませた。

「その声《こえ》はこう言《い》うんだ。きみは今《いま》から死《し》のうと思《おも》ってるんだろう？　だからこう言《い》った。そうだよ、って。すると声《こえ》は、死《し》ぬのは止《や》めろ、って言《い》うんだ。でも、ぼくはもう生《い》きるのに疲《つか》れたんだ、って言《い》った。その途端《とたん》、弱虫《よわむし》！　ってあまりに大《おお》きな声《こえ》で叫《さけ》ばれて、ぼくは耳《みみ》を押《お》さえた。それから、生《い》きろ！　生《い》きて、おれの言《い》う学校《がっこう》に転校《てんこう》しろ、って言《い》われた。それでこの学校《がっこう》に来《き》たんだ」

「それじゃ、広樹《ひろき》くんにささやいたのは須藤《すどう》くんの霊《れい》？」

「そうとしか思《おも》えない」

「それで何《なに》か力《ちから》になってくれたの？」

美沙《みさ》がきいた。

「なってくれた。襲《おそ》われたぼくを助《たす》けてくれた。だから、きみも心配《しんぱい》することはない」

「それを聞《き》いて安心《あんしん》したわ。でも、なぜそんな不思議《ふしぎ》なことが起《お》こるの？」

「わからない。でも、起《お》こったんだ。だから、きみにもしものことがあったら、ぼくが助《たす》ける」

「ありがとう」

美沙《みさ》は心《こころ》がはればれとしてきた。こんな気分《きぶん》になったのは初《はじ》めてだ。

「もうしばらくしたら、きみに何《なに》かが起《お》きる」

広樹《ひろき》が言《い》った。

「何《なに》かって何《なに》？」

「きみを襲《おそ》うやつがいる」

「こわい。どうしたらいい？」

「なにもしなくていい。襲《おそ》ってきても、きみに何《なに》もできないから、逃《に》げる必要《ひつよう》もない」

「それ、信《しん》じていい？」

「いい。ぼくといっしょに行《い》こう」

美沙《みさ》には広樹《ひろき》がこの上《うえ》もなく頼《たの》もしく見《み》えた。

マサミと千佳《ちか》は、木陰《こかげ》にかくれて広樹《ひろき》と美沙《みさ》がやってくるのを待《ま》った。もう来《こ》ないかと思《おも》ったとき、広樹《ひろき》と美沙《みさ》の姿《すがた》が見《み》えた。

「来《き》た」

マサミが言《い》った。

「美沙《みさ》に用《よう》があるって言《い》って広樹《ひろき》と引《ひ》きはなせばいいんだね？」

千佳《ちか》が言《い》った。

「広樹《ひろき》が何《なに》か言《い》っても構《かま》うことはない。美沙《みさ》を引《ひ》きはなしちゃうんだ。広樹《ひろき》の方《ほう》は哲也《てつや》くんたちがなんとかする」

広樹《ひろき》と美沙《みさ》は、親《した》しげに話《はな》しながら近《ちか》づいてくる。

「よし、行《い》こう」

マサミと千佳《ちか》は広樹《ひろき》と美沙《みさ》の前《まえ》に立《た》ちふさがった。

「何《なに》か用《よう》か？」

広樹《ひろき》がきいた。

「美沙《みさ》に用《よう》があるんだ。ちょっと来《き》て」

「何《なん》の用《よう》か聞《き》かせてもらおう」

広樹《ひろき》が言《い》った。

「男子《だんし》のあんたには関係《かんけい》ない。美沙《みさ》と話《はな》したいんだ」

「そうか。じゃ、ぼくは行《い》く」

広樹《ひろき》は、美沙《みさ》を残《のこ》して行《い》ってしまった。

「ちょっと、顔《かお》を貸《か》してもらおう」

マサミは美沙《みさ》を木陰《こかげ》に引《ひ》っぱりこんだ。

「何《なん》の用《よう》？」

美沙《みさ》がきいた。

「おまえ、男《おとこ》とへらへらして、うざいんだよ」

マサミは言《い》うなり美沙《みさ》のすねを蹴《け》とばした。同時《どうじ》に千佳《ちか》は美沙《みさ》の頰《ほお》に平手《ひらて》をたたきこんだ。

しかし、美沙《みさ》はまったく痛《いた》がる様子《ようす》がない。

もう一度《いちど》やると、美沙《みさ》の体《からだ》がふっと消《き》えてしまった。

「あいつ、木《き》の陰《かげ》にかくれたな」

木《き》の陰《かげ》を見《み》たが、美沙《みさ》の姿《すがた》はない。

「どこへ行《い》ったんだ？」

マサミが言《い》ったとき、俊彦《としひこ》があらわれた。

「どうした?」

俊彦《としひこ》がきいた。

「美沙《みさ》が消《き》えた」

「消《き》えた?」

「ふたりで蹴《け》とばして、ひっぱたいたら、とたんに消《き》えちゃった」

マサミが言《い》った。

「気《き》になって見《み》に来《き》たんだけど、やっぱりそうか」

俊彦《としひこ》の顔色《かおいろ》が青《あお》くなった。

「どうしたの?」

「おれが広樹《ひろき》をやったときといっしょだ」

「それじゃ、美沙《みさ》は? たしかに手《て》ごたえがあったと思《おも》ったんだけど……」

千佳《ちか》が言《い》った。

「見《み》てみろ。きっと明日《あした》、普通《ふつう》に学校《がっこう》に出《で》てくるから」

「そんな」

マサミと千佳《ちか》は顔《かお》を見《み》あわせた。

5

翌日《よくじつ》、マサミが教室《きょうしつ》に入《はい》ると、美沙《みさ》が何事《なにごと》もなかったみたいに自分《じぶん》の席《せき》に座《すわ》っていた。

マサミと目《め》が合《あ》ったが何《なん》の反応《はんのう》も見《み》せない。

どうして？

マサミの方《ほう》が目《め》をそらしたが、背筋《せすじ》にぞっと寒気《さむけ》を感《かん》じた。

自分《じぶん》の席《せき》に着《つ》くと、千佳《ちか》が話《はな》しかけてきた。

「美沙《みさ》のやつ、ひっぱたいたことを忘《わす》れたみたいにわたしに話《はな》しかけてきたよ」

「忘《わす》れられるわけないじゃん」

「そうだよね」

千佳《ちか》は首《くび》を傾《かし》げた。

「なんて言《い》ったの？」

マサミがきいた。

「今日《きょう》はわたしの誕生日《たんじょうび》だからマサミさんといっしょに家《うち》に来《こ》ない？　だって。こんなこと、今《いま》までに一度《いちど》もないのに。どうする？」

「昨日《きのう》のこと、忘《わす》れたわけがないから、その復讐《ふくしゅう》だよ。行《い》ったら毒《どく》でも飲《の》まされるよ」

「そうだね。だけど、気味《きみ》の悪《わる》いやつ。なぐったのに顔《かお》にも全然《ぜんぜん》痕《あと》がない。なんで？」

いつもの千佳《ちか》ではない。顔《かお》から血《ち》の気《け》が失《う》せている。

「なぜってきかれてもわかんないよ。俊彦《としひこ》くんはなんて言《い》ってる？」

「さっききいたら、広樹《ひろき》とつきあったからだと言《い》ってる」

「広樹《ひろき》って何者《なにもの》？」

「転校生《てんこうせい》だからだれも知《し》らないよ」

「あいつは不気味《ぶきみ》なやつだね」

「俊彦《としひこ》くんは、広樹《ひろき》には近《ちか》づかない方《ほう》がいいって」

「哲也《てつや》くんはなんて言《い》ってる？」

「広樹《ひろき》はかならずやっつけるって」

「俊彦《としひこ》くんは、哲也《てつや》くんには言《い》ってないけど、失敗《しっぱい》してるんでしょ。あとはだれがやるの？」

「健二《けんじ》くんでしょう」

「今度《こんど》はどうするつもり？」

「さあ、知《し》らない。でも本気《ほんき》よ」

「何《なに》をするか知《し》らないけど、やってもダメだと思《おも》う。俊彦《としひこ》くんなんて、すっかりびびってるよ。やっつけたはずなのに平気《へいき》だって。あいつは人間《にんげん》じゃないとまで言《い》ってるわ」

「わたしたちのときといっしょね。じゃ、美沙《みさ》の今夜《こんや》の誕生日会《たんじょうびかい》にはだれが行《い》くの？」

「広樹《ひろき》くらいでしょう。ほかにはだれも行《い》かないよ」

　マサミが言《い》った。

「そうだね」

　千佳《ちか》がうなずいた。

「その方《ほう》がいい。あの二人《ふたり》、どっちもシカトしよう。みんなにも言《い》っておいて」

　それを聞《き》いた千佳《ちか》は、俊彦《としひこ》のところに行《い》って、

「女子《じょし》は広樹《ひろき》と美沙《みさ》をシカトすることにきめたよ。男子《だんし》はどうする？」

「男子《だんし》だって、あんな気味《きみ》の悪《わる》いやつとはつきあいたくない。女子《じょし》がシカトするなら男子《だんし》もシカトだ」

　俊彦《としひこ》が言《い》うと、千佳《ちか》も賛成《さんせい》した。

　その夜《よる》、美沙《みさ》の誕生日会《たんじょうびかい》に出《で》かけたのは広樹《ひろき》だけだったが、母親《ははおや》の美雪《みゆき》には大歓迎《だいかんげい》された。

「美沙《みさ》がこんなに元気《げんき》になったのは広樹《ひろき》くんとおつきあいしてから。これからも仲《なか》よくしてやってね」

「それはぼくのセリフです。美沙《みさ》ちゃんのおかげで毎日《まいにち》が楽《たの》しくなりました。でもぼくのせいで、みんなに無視《むし》されているのがつらいです」

「そんなこと、美沙《みさ》はこれっぽっちも思《おも》っていないから安心《あんしん》して」

　確《たし》かに、その夜《よる》の美沙《みさ》はこれまで見《み》たこともないくらい楽《たの》しそうだった。

「それを聞《き》いて心《こころ》が軽《かる》くなりました」

広樹《ひろき》にとっても久《ひさ》しぶりの楽《たの》しい夜《よる》だった。

美沙《みさ》と別《わか》れて夜道《よみち》を一人《ひとり》で歩《ある》いていると、叫《さけ》びだしたくなった。

生《い》きていてよかったとしみじみ思《おも》った。

そんな気持《きも》ちになっているとき、耳《みみ》のそばで声《こえ》がした。

「用心《ようじん》しろ」

暗闇《くらやみ》を透《す》かしてみると、黒《くろ》い影《かげ》がいくつか見《み》えた。

広樹《ひろき》は足《あし》を止《と》めた。そろそろと後《あと》ずさりをしたあと、今来《いまき》た道《みち》を一散《いっさん》に走《はし》りだした。遠《とお》くから追《お》いかけてくる音《おと》がしたが、明《あか》るい道《みち》に出《で》ると、その音《おと》もなくなった。

翌朝《よくあさ》、健二《けんじ》が教室《きょうしつ》に入《はい》ると、俊彦《としひこ》が待《ま》っていて、

「昨日《きのう》はどうだった？」

ときいた。

「わかるはずがないのに逃《に》げられた。追《お》いかけたんだけど、途中《とちゅう》で姿《すがた》が消《き》えた。そんなことがあるか？」

と、くわしく事情《じじょう》を説明《せつめい》した。

「おれのときといっしょだ。あいつは人間《にんげん》じゃない。哲也《てつや》にはなんて説明《せつめい》するんだ？」

俊彦《としひこ》は広樹《ひろき》の方《ほう》を見《み》ながら言《い》った。

「ありのまま言《い》うしかないだろう。しかし、信《しん》じるかな」

「信《しん》じないだろう」

「それじゃ、哲也《てつや》がやってみればいい」

二人《ふたり》が話《はな》しているところに哲也《てつや》がやってきた。

「逃《に》げられたというより、消《き》えちゃった」

健二《けんじ》が言《い》った。

「そんなばかなことがあるか？」

「信《しん》じないことはわかっているけど、本当《ほんとう》なんだ」

「おまえ、信《しん》じられるか？」

哲也《てつや》は俊彦《としひこ》にきいた。

「おれは健二《けんじ》の話《はなし》を信《しん》じる。うそだと思《おも》うなら、おまえがやってみろ」

俊彦《としひこ》が言《い》った。

「やりたいのはやまやまだが、おれは今《いま》それどころじゃない。F高《エフこう》のやつらに呼《よ》びだされてるんだ」

哲也《てつや》はいつになく深刻《しんこく》な顔《かお》をしている。

「呼《よ》びだされたって行《い》かなきゃいいじゃんか」

「そうはいかないんだよ」

「相手《あいて》は高校生《こうこうせい》だろう。先生《せんせい》に相談《そうだん》したらいいじゃんか」

「高校生《こうこうせい》にしめられそうだから助《たす》けてください。そんなこと、死《し》んでも言《い》えねえよ」

「つっぱってるおまえがそんなこと言《い》ったら終《お》わりだもんな。相手《あいて》はどんなやつだ?」

「篠塚《しのづか》といって、このあたりを仕切《しき》っているやつだ。それにあと二人《ふたり》ついている」

「三人《にん》はヤバイな。行《い》くのはいつだ?」

「今夜《こんや》だ」

「行《い》けばフクロにされるぞ」

健二《けんじ》が心配《しんぱい》そうに言《い》った。

「フクロくらいならいいけど……」

「それでも行《い》くのか。場所《ばしょ》と時間《じかん》を教《おし》えてくれ」

「場所《ばしょ》は栄橋《さかえばし》の下《した》の河原《かわら》だ」

「あそこなら知《し》ってる。空《あ》き地《ち》があるくらいで、だれも行《い》くやつはいない。時間《じかん》は？」

「深夜《しんや》十二時《じ》だ。ついて来《き》たりするなよ。見《み》つかったらおまえもやられるぞ」

哲也《てつや》は健二《けんじ》に言《い》った。

「行《い》くのは止《や》めろよ」

俊彦《としひこ》が言《い》った。

「今夜《こんや》止《や》めても、行《い》くまでは何度《なんど》でも言《い》ってくるから行《い》くしかないんだ」

「そうか。じゃ、何《なに》かされそうになったら逃《に》げろ」

「逃《に》げられるんなら逃《に》げるけど、できねえだろ」

三人《にん》の表情《ひょうじょう》が暗《くら》くなり、みんな黙《だま》ってしまった。


『コロシノ日ハチカイ』


健二《けんじ》は不意《ふい》に、自分《じぶん》の書《か》いた言葉《ことば》を思《おも》いだした。

何《なに》も考《かんが》えずに書《か》いた言葉《ことば》だったが、もしかしたら、このことだったのか。

そう思《おも》ったとたん、体《からだ》が勝手《かって》に震《ふる》えだして止《と》まらなくなった。

二章《しょう》　助《たす》けられた悪《わる》ガキ

1

その日《ひ》、健二《けんじ》は哲也《てつや》のことを思《おも》うと眠《ねむ》れなかった。

哲也《てつや》が、東部中学校《とうぶちゅうがっこう》で有名《ゆうめい》なワルなのは間違《まちが》いない。彼《かれ》に泣《な》かされた者《もの》は数知《かずし》れない。

しかし、健二《けんじ》は哲也《てつや》の仲間《なかま》である。だから、哲也《てつや》が高校生《こうこうせい》にやられるのを知《し》らんぷりしているわけにはいかない。

もちろん助《たす》けることはできないが、その様子《ようす》だけは見《み》ておきたいと思《おも》った。

健二《けんじ》は、十二時少《じすこ》し前《まえ》に家《いえ》を抜《ぬ》けでると、栄橋《さかえばし》に出《で》かけた。

人通《ひとどお》りがほとんどなく、街灯《がいとう》がポツリ、ポツリとついている道《みち》を急《いそ》いだ。

栄橋《さかえばし》の空《あ》き地《ち》が見《み》えるところまで来《く》ると、哲也《てつや》が三人《にん》の男《おとこ》に取《と》り囲《かこ》まれていた。三人《にん》とも哲也《てつや》より大《おお》きいので、哲也《てつや》が小《ちい》さく見《み》える。

そばには近《ちか》づけないので、何《なに》を話《はな》しているのか声《こえ》は聞《き》こえないが、うなだれている姿《すがた》は、いつも学校《がっこう》で見《み》ている哲也《てつや》からは想像《そうぞう》できない。

しばらく見《み》ていると、哲也《てつや》は男《おとこ》たちに胸《むな》ぐらをつかまれ、どなりつけられていた。

それから、男《おとこ》たちは哲也《てつや》を川《かわ》べりまで連《つ》れていった。これから川《かわ》に突《つ》きおとすつもりか。たしか、哲《てつ》也《や》は泳《およ》げなかったはずだ。突《つ》きおとされたら溺《おぼ》れてしまう。

健二《けんじ》が息《いき》をつまらせて見《み》ていると、哲也《てつや》は自《みずか》ら川《かわ》に飛《と》びこんだ。哲也《てつや》は川《かわ》の中心《ちゅうしん》に向《む》かって泳《およ》ぎだしたが、すぐに沈《しず》んでしまった。

それを見届《みとど》けた三人《にん》はその場《ば》を離《はな》れてどこかへ行《い》ってしまった。健二《けんじ》は栄橋《さかえばし》の空《あ》き地《ち》まで走《はし》って川《かわ》を見《み》わたすと、流《なが》されていく哲也《てつや》の姿《すがた》が見《み》えた。しかし、健二《けんじ》にはどうすることもできなかった。

川《かわ》の流《なが》れは速《はや》く、哲也《てつや》の影《かげ》はたちまち橋《はし》の下《した》をくぐって流《なが》れていく。

そのとき、だれかが川《かわ》に飛《と》びこんで、哲也《てつや》を川《かわ》べりまで引《ひ》きあげた。

健二《けんじ》が駆《か》けつけると、男《おとこ》は、

「救急車《きゅうきゅうしゃ》！」

と、叫《さけ》んだので、健二《けんじ》は慌《あわ》てて携帯《けいたい》を出《だ》して、１１９番《ばん》に電話《でんわ》した。

男《おとこ》は哲也《てつや》に人工呼吸《じんこうこきゅう》をしている。

「だいじょうぶか？」

ときくと、

「まだ生《い》きている」

と、顔《かお》を上《あ》げて言《い》った。その顔《かお》を見《み》たとたん、

「広樹《ひろき》」

と言《い》ったまま、健二《けんじ》は次《つぎ》の言葉《ことば》が出《で》なくなった。

どうして広樹《ひろき》が……、と思《おも》っていると、

「どうしてきみがここにいるんだ？」

ときかれた。

「哲也《てつや》が高校生《こうこうせい》に呼《よ》びだされたと聞《き》いたから来《き》たんだ。広樹《ひろき》はなんで？」

と言《い》いかけたとき、救急車《きゅうきゅうしゃ》が来《き》た。

「それじゃ、ぼくは濡《ぬ》れたから帰《かえ》る。後《あと》はきみにまかせる」

広樹《ひろき》はそう言《い》って帰《かえ》っていった。

哲也《てつや》といっしょに救急車《きゅうきゅうしゃ》に乗《の》った健二《けんじ》は、広樹《ひろき》がなぜあそこにいたか考《かんが》えてみた。

広樹《ひろき》はあの空《あ》き地《ち》に哲也《てつや》が呼《よ》びだされたことを知《し》らないはずだ。まして、夜《よる》の十二時《じ》に、あそこにいたのだろう。

広樹《ひろき》をやっつけようとした計画《けいかく》がことごとく失敗《しっぱい》したのも不思議《ふしぎ》だが、その計画《けいかく》を仕組《しく》んだ哲也《てつや》をなぜ助《たす》けたのだ。

考《かんが》えれば考《かんが》えるほど、まるで霧《きり》の中《なか》に踏《ふ》みこんでいくみたいにわからなくなる。

健二《けんじ》は背筋《せすじ》が寒《さむ》くなってきた。

哲也《てつや》を見《み》ると、どうやら意識《いしき》が戻《もど》りそうだ。

2

翌日《よくじつ》、健二《けんじ》が教室《きょうしつ》に入《はい》ると、広樹《ひろき》はいつものように自分《じぶん》の席《せき》にいた。

「昨日《きのう》はありがとう」

健二《けんじ》が言《い》うと、

「何《なん》のこと？」

と、よそよそしく言《い》ったので、どうしてあそこにいたのかきこうと思《おも》ったが、次《つぎ》の言葉《ことば》が出《で》てこなくなってしまった。

哲也《てつや》は休《やす》むかと思《おも》ったが、一時間目《じかんめ》が始《はじ》まると同時《どうじ》に教室《きょうしつ》に入《はい》ってきて、健二《けんじ》の後《うし》ろの席《せき》にすわった。

頬《ほお》が青黒《あおぐろ》くはれているのは、昨日《きのう》なぐられた痕《あと》かもしれない。

「休《やす》めばよかったのに」

健二《けんじ》が言《い》うと、

「昨日《きのう》はありがとう。おかげで助《たす》かった」

と、頭《あたま》を下《さ》げた。

「昨日《きのう》は言《い》わなかったが、助《たす》けたのは広樹《ひろき》だ」

「広樹《ひろき》が？」

哲也《てつや》は、健二《けんじ》の顔《かお》を見《み》かえした。信《しん》じられないという表情《ひょうじょう》だ。

「広樹《ひろき》が川《かわ》に入《はい》っておまえを助《たす》けたんだ。そうでなけりゃ、おまえは死《し》んでた」

「じゃ、広樹《ひろき》は命《いのち》の恩人《おんじん》か？」

哲也《てつや》は複雑《ふくざつ》な顔《かお》をした。

「そういうことになるな」

「どうして広樹《ひろき》があそこにいたんだ？」

「それがわからないんだ」

健二《けんじ》は首《くび》を振《ふ》った。

「わからないって、どういうことなんだ？」

哲也《てつや》がきいた。

「知《し》らねえよ。自分《じぶん》できいてみろ」

一時間目《じかんめ》の授業《じゅぎょう》が終《お》わったとき、哲也《てつや》は健二《けんじ》といっしょに広樹《ひろき》の席《せき》に行《い》き、

「昨日《きのう》はありがとう」

と、頭《あたま》を下《さ》げた。

「きみにお礼《れい》を言《い》われることなんてないよ」

広樹《ひろき》はぶっきらぼうに言《い》った。

「だって、おれを川《かわ》から助《たす》けてくれたんだろう？」

「知《し》らないよ。そんなこと」

広樹《ひろき》は何《なに》を言《い》っているんだという顔《かお》をした。

「本当《ほんとう》か？」

哲也《てつや》は健二《けんじ》の顔《かお》を見《み》た。

「昨日《きのう》の夜《よる》、哲也《てつや》を助《たす》けただろう」

「ぼくはそんなことしてない。人違《ひとちが》いじゃないか」

広樹《ひろき》は健二《けんじ》に言《い》った。

「どうしてそんなうそを言《い》うんだ？　昨日《きのう》、確《たし》かに栄橋《さかえばし》でおまえを見《み》た。まちがいない」

健二《けんじ》が言《い》い張《は》ると、

「それは何時《なんじ》？」

「夜《よる》の十二時《じ》だ」

「そんな時間《じかん》、ぼくは家《いえ》で寝《ね》てたよ」

「じゃ、あれはだれだったんだ？」

健二《けんじ》は頭《あたま》が混乱《こんらん》してきた。

「だから、人違《ひとちが》いだって言《い》ってるだろう」

広樹《ひろき》はなぜそんなことを言《い》うんだ。

「じゃ、おれを助《たす》けてくれたのはおまえじゃないってことか？」

哲也《てつや》が言《い》うと、広樹《ひろき》は、

「そうだよ」

と言《い》ったので、哲也《てつや》と健二《けんじ》は自分《じぶん》の席《せき》にもどった。

「本当《ほんとう》に人違《ひとちが》いなのか？」

哲也《てつや》にきかれて、

「おれが、だれかと間違《まちが》えるわけないだろう。あいつ、なんで自分《じぶん》じゃないなんて、うそをつくんだ」

「だけど、あいつじゃないとすると、おれを助《たす》けてくれたのはだれだ。おまえ、どうかしちゃったんじゃねえのか？」

哲也《てつや》にそう言《い》われて、健二《けんじ》は本当《ほんとう》に自分《じぶん》がどうかしてしまったのかと思《おも》った。

「昨日《きのう》、哲也《てつや》くんを川《かわ》に飛《と》びこませた高校生《こうこうせい》が警察《けいさつ》に捕《つか》まったってネットニュースに出《で》てたよ」

マサミがやってきて言《い》った。

「どうしてそんなに早《はや》く捕《つか》まったんだ？」

哲也《てつや》が首《くび》を傾《かし》げた。

「それは病院《びょういん》が警察《けいさつ》に連絡《れんらく》したからだろう」

健二《けんじ》はそう直感《ちょっかん》した。

「おまえ、病院《びょういん》で話《はな》したのか？」

「だって、きかれりゃ言《い》わないわけにはいかないだろう。やつらのやったことは殺人未遂《さつじんみすい》なんだから。あのとき助《たす》けられなかったら、哲也《てつや》は死《し》んでいたかもしれない」

「そんなにヤバかったの……」

マサミは目《め》を丸《まる》くした。

「そうだよ。もし助《たす》けてもらわなかったら、今《いま》ごろ死《し》んでたかもしれない」

「だれが助《たす》けてくれたの？」

「それがわからねえんだ。不思議《ふしぎ》な話《はなし》だろう？」

哲也《てつや》が言《い》うと、

「不思議《ふしぎ》な話《はなし》があるものね。世《よ》の中《なか》にはそんな仏《ほとけ》さまみたいな人《ひと》がいるんだ」

マサミは感心《かんしん》しながら行《い》ってしまった。

仏《ほとけ》さまか……。

健二《けんじ》は口《くち》の中《なか》でつぶやいた。

3

それから数日後《すうじつご》のこと。

「わたし、へんな話聞《はなしき》いちゃった」

美沙《みさ》が言《い》った。

「どんな話《はなし》だい？」

広樹《ひろき》がきくと、

「哲也《てつや》くん、高校生《こうこうせい》のワルに川《かわ》に飛《と》びこむよう強要《きょうよう》されて死《し》にそうになったんだって。ところが、だれかが助《たす》けて一命《いちめい》を取《と》りとめた。でも、その人《ひと》の正体《しょうたい》は謎《なぞ》なんだって」

「へ〜」

広樹《ひろき》は気《き》のない返事《へんじ》をした。

「ところがその人《ひと》の名前《なまえ》が噂《うわさ》になってるの。聞《き》いてみたいと思《おも》わない？」

「思《おも》わないね」

「わたし、名前《なまえ》を聞《き》いておどろいちゃった。だれだと思《おも》う？」

「知《し》らないよ」

「広樹《ひろき》くんよ」

「え、ぼく？」

「そうよ」

「それは違《ちが》う。ぼくじゃない」

広樹《ひろき》は強《つよ》く首《くび》を振《ふ》った。

「でもわたしは、広樹《ひろき》くんのような気《き》がするな」

「だれかの見間違《みまちが》いだよ。ぼくがどうして哲也《てつや》くんを助《たす》けたりするんだ」

「わたしも最初《さいしょ》はそう思《おも》った。けれど、広樹《ひろき》くんなら助《たす》けてもおかしくないと思《おも》った」

「そんな噂《うわさ》は忘《わす》れた方《ほう》がいい」

広樹《ひろき》を見《み》ていると、そうかもしれないと思《おも》えてくる。

「これは噂《うわさ》じゃない。ちゃんと見《み》た人《ひと》がいるのよ」

美沙《みさ》が言《い》った。

「だれ、見《み》た人《ひと》ってのは？」

「健二《けんじ》くん。健二《けんじ》くんは絶対間違《ぜったいまちが》いないと言《い》ったわ」

「彼《かれ》はどこでぼくを見《み》たの？」

「夜《よる》の十二時《じ》、栄橋《さかえばし》で」

「そんな真夜中《まよなか》に、ぼくが栄橋《さかえばし》に行《い》くなんて信《しん》じられるか？」

「それは信《しん》じられないけど、健二《けんじ》くんがうそを言《い》うわけはない。哲也《てつや》くんを助《たす》けたことを忘《わす》れたの？

そんなわけはないわ。やっぱり助《たす》けたのは広樹《ひろき》くんだと思《おも》う」

美沙《みさ》はそう断言《だんげん》した。

「ではそういうことにしておこう」

「そんな他人事《ひとごと》みたいに言《い》って、クラスでは評判《ひょうばん》になってるよ」

「それは困《こま》ったな」

「それどころじゃない。警察《けいさつ》から人助《ひとだす》けで表彰《ひょうしょう》されるかもしれないわよ」

「まさか。それはじょうだんだろう？」

「じょうだんじゃない。健二《けんじ》くんが警察《けいさつ》に話《はな》したらしいわ」

「やってもいないのに、そんなことになったらどうしよう」

広樹《ひろき》は本当《ほんとう》に困《こま》った顔《かお》をした。

広樹《ひろき》のそんな顔《かお》を見《み》ながら、美沙《みさ》は自分《じぶん》のことのようにほこらしかった。

一方《いっぽう》の哲也《てつや》は、川《かわ》でおぼれてから数日間《すうじつかん》はおとなしかったが、今《いま》では、

「おれは不死身《ふじみ》の哲《てつ》だ」

と言《い》って、以前《いぜん》より一層《いっそう》手《て》のつけられないワルになり、広樹《ひろき》に助《たす》けられたことなどすっかり忘《わす》れたよう

にクラスの弱《よわ》い者《もの》をいじめはじめた。

それにつられて俊彦《としひこ》や健二《けんじ》もその仲間《なかま》になった。

ある日《ひ》、

「ばあさんをいじめねえか」

と、哲也《てつや》が言《い》いだした。

「ばあさんならうちにいる」

健二《けんじ》が言《い》った。

「そうか。どんなばあさんだ?」

「うるさいばあさんで、おふくろとけんかばかりしてる」

「そいつはちょうどいい。体《からだ》はよぼよぼか?」

「とんでもない。七十になるけど、ぴんぴんだ。頭《あたま》だっておふくろよりしっかりしてる」

「それじゃ、ターゲットとして不足《ふそく》はないな」

「不足《ふそく》はないどころか、よほど心《こころ》してかからないと、反対《はんたい》にやられちまう」

「だけど、孫《まご》のおまえにはあまいだろう」

「あまいどころか、親《おや》より厳《きび》しい。おれなんて、毎朝《まいあさ》、ばあさんに手《て》をついて、おばあさま、おはようございます、とあいさつしてるんだ」

「そいつはおどろきだな。そのばあさん、おやじかおふくろか、どっちの親《おや》だ？」

「おやじのだ」

「それじゃ、おまえのおふくろさん、ずいぶん苦労《くろう》したんじゃねえか？」

「それはもう毎日《まいにち》が針《はり》のむしろで、何度《なんど》別《わか》れようと思《おも》ったかしれないって言《い》ってる」

「それじゃ、ばばあは天敵《てんてき》だ。やっつけりゃ、おふくろもよろこぶぜ」

「それはよろこぶだろう」

健二《けんじ》が言《い》った。

「やるからには作戦会議《さくせんかいぎ》を開《ひら》こう。いつにする？」

「明日《あした》の放課後《ほうかご》にしよう」

そういうことになった。

健二《けんじ》のおばあさんは、むかし女子高校《じょしこうこう》の先生《せんせい》をしていただけあって、しつけは厳《きび》しい。

健二《けんじ》は毎日家《まいにちいえ》に帰《かえ》ると、おばあさんの前《まえ》に正座《せいざ》して、

「おばあさま、ただいま帰《かえ》りました」

とあいさつしなければならない。それを忘《わす》れたら、物差《ものさ》しで、ぴしりと打《う》たれる。

それは幼稚園以来《ようちえんいらい》の習慣《しゅうかん》なので、今《いま》も手《て》を抜《ぬ》くことはできない。

健二《けんじ》がワルになったのは親《おや》の教育《きょういく》が悪《わる》かったせいだと、母親《ははおや》はおばあさんから厳《きび》しく言《い》われている。

だから、おばあさんをやっつけるというのはただのいたずらではない。健二《けんじ》にとって、革命《かくめい》を起《お》こすほどの覚悟《かくご》が必要《ひつよう》なのだ。

4

「おい健二《けんじ》、おまえんちのばあさん、女子生徒《じょしせいと》たちに何《なに》か教《おし》えてるそうだな?」

「うん、月《つき》に一回《かい》、月末《げつまつ》の土曜日《どようび》に女子《じょし》の小中学生《しょうちゅうがくせい》に行儀《ぎょうぎ》とお作法《さほう》を教《おし》えてる」

哲也《てつや》がきいた。

「お作法《さほう》って何《なん》だ?」

「知《し》らねえよ。うちのクラスでも二、三人《にん》は行《い》ってるみたいだ」

「マサミや千佳《ちか》は行《い》ってねえだろう。美沙《みさ》はどうかな?」

「顔《かお》を見《み》たおぼえがある」

健二《けんじ》が言《い》った。

「どこでやってるんだ?」

「たしか、市立図書館《しりつとしょかん》だったと思《おも》う」

「時間《じかん》は何時《なんじ》ごろだ?」

「三時《じ》じゃないかな」

「今度《こんど》の土曜《どよう》はその日《ひ》だな。よし、そのときがチャンスだ」

「何《なに》をやるんだ？」

健二《けんじ》はちょっと気《き》になって哲也《てつや》の顔《かお》を見《み》た。

「それは今考《いまかんが》えているところだが、ばあさんが腰《こし》を抜《ぬ》かすようなやつだ」

哲也《てつや》はにやりと笑《わら》ってみせた。

その日《ひ》の帰《かえ》り、

「今度《こんど》の土曜日《どようび》、何《なに》か用事《ようじ》がある？」

広樹《ひろき》が美沙《みさ》にきいた。

「今度《こんど》の土曜日《どようび》は三時《じ》からお作法《さほう》を習《なら》いに行《い》くから四時《じ》だったら会《あ》えるよ」

美沙《みさ》が言《い》った。

「それはどこでやるんだ？」

「市立図書館《しりつとしょかん》」

「じゃあ、四時《じ》に迎《むか》えに行《い》くよ」

それだけ言《い》うと、広樹《ひろき》は帰《かえ》っていった。

広樹《ひろき》と別《わか》れた美沙《みさ》はちょっとさびしい気《き》がした。

土曜日《どようび》がやってきた。

健二《けんじ》のおばあさん、史子《ふみこ》が家《いえ》を出《で》ようとすると、ケータイが鳴《な》った。耳《みみ》にあててみると、

「今日《きょう》、図書館《としょかん》を出《で》たら用心《ようじん》してください」

と、男《おとこ》の声《こえ》がして切《き》れてしまった。

だれかのいたずら電話《でんわ》かもしれない。

そんなことを思《おも》いながら、史子《ふみこ》は図書館《としょかん》に出《で》かけた。

行儀《ぎょうぎ》とお作法《さほう》を一時間《じかん》教《おし》えて、図書館《としょかん》の外《そと》に出《で》たとき、ふっとさっきのケータイの言葉《ことば》を思《おも》いだした。

歩道《ほどう》に一歩《いっぽ》踏《ふ》みだしたとき、向《む》こうから自転車《じてんしゃ》が猛《もう》スピードで迫《せま》ってきた。

よけようとしたが体《からだ》が動《うご》かない。

ぶつかる！

と思《おも》ったとき、だれかが史子《ふみこ》の体《からだ》をかっさらっ

てくれた。自転車《じてんしゃ》はそのままのスピードで電柱《でんちゅう》にぶつかり、そのはずみで道路《どうろ》に投《な》げだされた。

あっという間《ま》の出来事《できごと》だった。

美沙《みさ》が道路《どうろ》に投《な》げだされている人《ひと》のそばに駆《か》けよった。そして、のぞきこんで顔《かお》を見《み》たとたん、

「哲也《てつや》くん？」

と言《い》ったまま、そこへ座《すわ》りこんだ。そこへ広樹《ひろき》がやってきて、

「どうした？」

ときいた。

「哲也《てつや》くんが……」

「死《し》んではいない。救急車《きゅうきゅうしゃ》だ」

広樹《ひろき》が言《い》うと、いつの間《ま》にか側《そば》まで来《き》ていた健二《けんじ》が、ケータイで119番《ばん》した。

「きみがどうしてここにいるんだ？」

と、広樹《ひろき》がきくと、

「それより、おまえはどうしているんだ？」

と、健二《けんじ》がきいた。

「広樹《ひろき》くんはわたしを迎《むか》えにきたの」

美沙《みさ》が言《い》った。

「おばあちゃんはだいじょうぶか?」

広樹《ひろき》が言《い》うと、

「わたしはだいじょうぶよ。ありがとう。あなたのおかげで命拾《いのちびろ》いしたわ」

史子《ふみこ》が広樹《ひろき》にお礼《れい》を言《い》った。

「そんなことより、おばあちゃんを家《いえ》まで送《おく》ってあげなよ」

広樹《ひろき》に言《い》われて、健二《けんじ》は史子《ふみこ》の手《て》を引《ひ》っぱっていった。

それを見送《みおく》って、

「哲也《てつや》くんはきみとぼくとで病院《びょういん》まで送《おく》っていこう」

と、広樹《ひろき》が言《い》った。

救急車《きゅうきゅうしゃ》に二人《ふたり》で乗《の》ったとき、

「こんなことになるとは思《おも》ってなかった」

と、広樹《ひろき》が言《い》った。

しかし、美沙《みさ》はこうなることを広樹《ひろき》は知《し》っていたのではないかという気《き》がしてならなかった。

哲也《てつや》は右手《みぎて》と左足《ひだりあし》を骨折《こっせつ》しているので、しばらく病院《びょういん》から出《で》られないと宣告《せんこく》された。

史子《ふみこ》が、美沙《みさ》を連《つ》れて広樹《ひろき》の家《いえ》に出《で》かけてお礼《れい》をすると、広樹《ひろき》は、

「ぼくじゃないです。人違《ひとちが》いでしょう」

と言《い》った。

「いいえ。わたしの目《め》はごまかせないわよ。あの電話《でんわ》もあなたでしょう」

「そんな電話《でんわ》、ぼくは知《し》りません」

広樹《ひろき》はちがうと言《い》いはった。

「いいわ。それならあなたの言《い》うことを信《しん》じる。美沙《みさ》ちゃん、いいお友《とも》だちがいて幸《しあわ》せねえ。仲《なか》よくしなさい」

と言《い》って、史子《ふみこ》は帰《かえ》っていった。

5

哲也《てつや》の入院《にゅういん》で、おばあさんをやっつけるという作戦《さくせん》は自然消滅《しぜんしょうめつ》してしまった。

哲也《てつや》はそのことが悔《くや》しくて仕方《しかた》なかったが、健二《けんじ》はあれ以来《いらい》、人《ひと》が変《か》わったみたいにおとなしくなった。俊彦《としひこ》は、病院《びょういん》に見舞《みま》いに行《い》くたびに、哲也《てつや》におばあさんをやれと急《せ》かされたが、黒《くろ》い影《かげ》のことを思《おも》いだして、やろうとはしなかった。

哲也《てつや》は一人《ひとり》いらだったが、手《て》と足《あし》を折《お》って、退院《たいいん》まで一か月《げつ》かかると聞《き》かされてはあきらめるしかなかった。

あの日《ひ》、哲也《てつや》は健二《けんじ》のおばあさんに自転車《じてんしゃ》で衝突《しょうとつ》し、はね飛《と》ばそうと、全速力《ぜんそくりょく》で走《はし》った。

しかし、ぶつかると思《おも》った瞬間《しゅんかん》、だれかがおばあさんをかっさらった。そのおかげで電柱《でんちゅう》に激突《げきとつ》してしまったのだ。

哲也《てつや》はその衝撃《しょうげき》で気《き》を失《うしな》ってしまい、だれが、おばあさんを助《たす》けたかわからなかったが、あとで健二《けんじ》から、そのだれかが広樹《ひろき》だと聞《き》かされ、ショックで声《こえ》も出《で》なかった。

その後《ご》、広樹《ひろき》は哲也《てつや》を見舞《みま》いにきたが、そのことは一言《ひとこと》も口《くち》にしなかった。

なぜあいつはだまっていたのだろう。あいつだけは哲也《てつや》の意図《いと》に気《き》づいていたにちがいない。気《き》づいていたからおばあさんを助《たす》けたのだ。

他《ほか》のだれも気《き》づかなかったのに、広樹《ひろき》だけ気《き》づいたのはなぜだ。

あのとき、広樹《ひろき》がおばあさんを助《たす》けなかったら、おばあさんは大《おお》ケガをして、今《いま》ごろここに入院《にゅういん》していたかもしれない。それが、逆《ぎゃく》におれが入院《にゅういん》してしまった。

栄橋《さかえばし》のときといい、今度《こんど》といい、なぜあいつは、あんなことができたんだ。

あいつは何者《なにもの》だろう。

あいつを何度《なんど》も襲《おそ》ったのに、いつも失敗《しっぱい》した。

そのことがわかっているはずなのに、あいつはおれの命《いのち》を救《すく》った。目的《もくてき》は何《なん》だろう。

本当《ほんとう》なら、見殺《みごろ》しにされていても文句《もんく》は言《い》えない。

いつかおれに復讐《ふくしゅう》するような気《き》がしてならない。

広樹《ひろき》のことを考《かんが》えると、不思議《ふしぎ》というより不気味《ぶきみ》で頭《あたま》がへんになりそうだ。

こっちがやられる前《まえ》に、広樹《ひろき》を徹底的《てっていてき》にやっつけなくてはならない。

今度《こんど》、俊彦《としひこ》が来《き》たら、広樹《ひろき》が立《た》ちあがれないほどの打撃《だげき》をあたえるように言《い》おう。

その翌日《よくじつ》、俊彦《としひこ》が病院《びょういん》にやってきたので、哲也《てつや》は自分《じぶん》の考《かんが》えを俊彦《としひこ》に言《い》った。

「広樹《ひろき》をあのままのさばらせておいたら、どうなると思《おも》う？」

哲也《てつや》が言《い》った。

「わかんないけど、おまえが入院《にゅういん》してから、クラスはすっかり変《か》わっちゃったぜ」

「どんなふうに変《か》わったんだ？」

「みんな広樹《ひろき》のことを違《ちが》った目《め》で見《み》てる」

「変《か》えたのはあいつだ。わからねえか」

「あいつって広樹《ひろき》のことか？」

俊彦《としひこ》がきいた。

「そうだよ。あいつはおれたちの敵《てき》だ」

哲也《てつや》は言《い》いはる。

「そうは言《い》うけど、おまえ、広樹《ひろき》に二度《ど》も救《すく》ってもらってるじゃねえか」

俊彦《としひこ》が言《い》った。

「それがあいつのやり口《くち》だ。それにだまされるな」

「それは、ちょっと考《かんが》えすぎじゃないのか？　おれにはそうは思《おも》えない」

俊彦《としひこ》は首《くび》を振《ふ》った。

「おまえは広樹《ひろき》にだまされている。あいつは人間《にんげん》じゃねえ」

哲也《てつや》が言《い》うと、俊彦《としひこ》が笑《わら》いだした。

「おまえこそ、こんなところに一人《ひとり》でいるから変《へん》なこと考《かんが》えるんじゃねえか？」

俊彦《としひこ》は全然《ぜんぜん》取《と》りあおうとしない。昔《むかし》の俊彦《としひこ》はこんなふうじゃなかった。広樹《ひろき》にやられちまったんだ。

こいつはもうだめだ。

哲也《てつや》は俊彦《としひこ》を見《み》はなした。

俊彦《としひこ》が帰《かえ》ると、入《い》れ違《ちが》いにマサミと千佳《ちか》がやってきた。

「具合《ぐあい》はどう？」

マサミがきいた。

「見《み》てのとおりだ」

「まだ大分《だいぶ》ここにいなくちゃならないの？」

「あと二、三週間《しゅうかん》だと医者《いしゃ》は言《い》った」

「二、三週間《しゅうかん》も？　哲也《てつや》くんがいないからうちのクラス、気《き》が抜《ぬ》けたみたいになっちゃったよ」

千佳《ちか》が言《い》った。

「広樹《ひろき》のせいだ。そう思《おも》わねえか？」

「そうかな。哲也《てつや》くんがいないからだと思《おも》う」

「おれがこんなになっちゃったんで、俊彦《としひこ》も健二《けんじ》もおれの言《い》うことをきかないんだ」

「わたしたちは違《ちが》うよ」

マサミと千佳《ちか》の表情《ひょうじょう》を見《み》て、この二人《ふたり》は裏切《うらぎ》らないと思《おも》った。

「わかってる。それでおまえたちに頼《たの》みがあるんだ」

「頼《たの》みって何《なに》？」

千佳《ちか》が哲也《てつや》の顔《かお》を見《み》つめた。

「わたしたちにやれること、ある？」

マサミがきいた。

「よく言《い》ってくれた。ある。広樹《ひろき》をやっつけることだ」

「やっつけるって？　俊彦《としひこ》くんと相談《そうだん》しようか？」

「俊彦《としひこ》はだめだ。広樹《ひろき》にやられちゃってる」

哲也《てつや》が言《い》った。

「健二《けんじ》くんもだめなんでしょ？」

「おまえたち、二人《ふたり》でやれよ」

「わたしたちでやれるかな?」

マサミは千佳《ちか》と顔《かお》を見合《みあ》わせた。

「やれるさ。考《かんが》えろ」

「そう言《い》われてもわたしたち頭《あたま》が悪《わる》いからね。できる方法《ほうほう》を何《なに》か考《かんが》えてよ」

マサミが言《い》った。

「よし、考《かんが》えておく」

哲也《てつや》は大《おお》きくうなずいた。

広樹《ひろき》は二人《ふたり》が女子《じょし》だと思《おも》って気《き》を許《ゆる》すに違《ちが》いない。広樹《ひろき》をやっつけるにはそこがねらい目《め》だ。

6

「広樹《ひろき》くん、相談《そうだん》があるんだけど……」

マサミは広樹《ひろき》になれなれしく近《ちか》づいて言《い》った。

「何《なに》か困《こま》っていることでもあるの?」

広樹《ひろき》の態度《たいど》はいつもと変《か》わらない。

「ほかに相談《そうだん》できる人《ひと》がいないから……」

マサミは、ことさらしおらしくしてみせた。

「ぼくが力《ちから》になれるかどうかわからないけど、話《はな》してみてよ」

広樹《ひろき》はマサミを疑《うたが》うことなく、やさしい口調《くちょう》できいた。

「広樹《ひろき》くんはまじめだから、わたしのこと知《し》らないかもしれないけど、わたしって不良《ふりょう》なの」

「知《し》ってるよ。それくらい」

「じゃ、わたしを軽蔑《けいべつ》してるでしょう？」

「ぼくはだれも軽蔑《けいべつ》してない」

「それを聞《き》いて安心《あんしん》した。実《じつ》はわたし、F《エフ》高校《こうこう》二年《ねん》の篠塚浩太《しのづかこうた》という男《おとこ》の人《ひと》からつきあってくれって言《い》われてるんだけど、その人《ひと》、評判《ひょうばん》の不良《ふりょう》なの。だからつきあうのいやなんだけど、怖《こわ》くて断《ことわ》れないの」

篠塚《しのづか》というのは、本当《ほんとう》は仲《なか》のよい先輩《せんぱい》で、このあたりの中学生《ちゅうがくせい》なら名前《なまえ》を聞《き》いただけで震《ふる》えあがるのだが、転校生《てんこうせい》の広樹《ひろき》はそんなことは知《し》らない。

「きみって、思《おも》ったより気《き》が小《ちい》さいんだな。はっきりお断《ことわ》りしますと言《い》っちゃえばいいのに」

「そんなこと言《い》ったらどうされるかと思《おも》うと、恐《おそ》ろしくて言《い》えないわよ」

マサミは肩《かた》をすぼめた。

「だから、どうしたらいいか相談《そうだん》しに来《き》たんだね」

広樹《ひろき》がきいた。

「そうなの」

マサミは大《おお》きくうなずいた。

「そんなの簡単《かんたん》だよ。ぼくが言《い》ってあげる」

「ほんと？」

マサミはおどろいて、

「でも、相手《あいて》は評判《ひょうばん》の高校生《こうこうせい》の不良《ふりょう》よ。言《い》ったら、あなただって何《なに》されるかしれないよ」

と言《い》うと、広樹《ひろき》の目《め》を見《み》つめた。

「そんなこと平気《へいき》だから言《い》ってあげる。なんて言《い》えばいいの？　どんなことでも言《い》うよ」

「本当《ほんとう》はこう言《い》ってほしいの。マサミはおれの彼女《かのじょ》だから、連絡《れんらく》するなって」

「わかった。そう言《い》えばいいんだね？」

「そう。だけどそんなこと言《い》ったら、広樹《ひろき》くんをぼこぼこにするかもしれないよ」

「だいじょうぶ。ぼくにまかせてくれ」

広樹《ひろき》はこともなげに言《い》った。

「じゃあ、お願《ねが》い」

マサミは広樹《ひろき》に手《て》を合《あ》わせながら、これで明日《あした》の朝《あさ》、広樹《ひろき》は、ぼこぼこにされた姿《すがた》で学校《がっこう》にやってくるに違《ちが》いないと思《おも》った。

その翌朝《よくあさ》、教室《きょうしつ》で広樹《ひろき》に会《あ》うと、

「昨日《きのう》、篠塚《しのづか》さんに会《あ》って、きみの言《い》ったとおり言《い》っておいたよ。そうしたらわかったと言《い》ったから、もう心配《しんぱい》することはないよ。篠塚《しのづか》さんって話《はなし》のわかるいい人《ひと》じゃないか」

マサミは広樹《ひろき》の顔《かお》を穴《あな》が開《あ》くほど見《み》つめたが、どこにもケガの痕《あと》はなかった。

「ありがとう。おかげで助《たす》かったわ」

マサミは複雑《ふくざつ》な思《おも》いで広樹《ひろき》にお礼《れい》を言《い》った。

広樹《ひろき》は篠塚《しのづか》にマサミが言《い》ったとおり話《はな》したのだろうか。

篠塚《しのづか》が、あんなことを言《い》われて黙《だま》っているはずがない。

一度《いちど》篠塚《しのづか》に会《あ》って真相《しんそう》を聞《き》いてみなくてはならないと思《おも》ったが、マサミがそうするより先《さき》に、篠塚《しのづか》からマサミのスマホに連絡《れんらく》があった。

「昨日《きのう》、変《へん》なやつが来《き》て、おまえからの言《こと》づてを聞《き》いたが、あれでいいんだな？」

「違《ちが》うわ。ああ言《い》えば、ぼこぼこにしてくれると思《おも》って言《い》ったの。どうしてやってくれなかったの？」

マサミはすがるように言《い》ったが、

「おまえとは、もうおさらばしようと思《おも》っていたところだ。バイバイ」

篠塚《しのづか》はそれだけ言《い》うと、一方的《いっぽうてき》に切《き》ってしまった。

マサミはスマホを見《み》つめたまま呆然《ぼうぜん》となった。

別《べつ》に篠塚《しのづか》のことは好《す》きではないけれど、向《む》こうから捨《す》てられるのはいい気持《きも》ちがしない。

このいきさつを、哲也《てつや》に報告《ほうこく》する気《き》にはなれなかった。

7

哲也《てつや》の家《いえ》は、父親《ちちおや》と妹《いもうと》の三人《にんぐ》暮らしだ。母親《ははおや》は二年前《ねんまえ》に家《いえ》を出《で》てどこかに行《い》ってしまった。

その原因《げんいん》は父親《ちちおや》の暴力《ぼうりょく》にあると哲也《てつや》は思《おも》っている。母親《ははおや》がいなくなって、父親《ちちおや》の哲也《てつや》に対《たい》する暴力《ぼうりょく》は前《まえ》にもましてひどくなった。

特《とく》に酒《さけ》を飲《の》むと、理由《りゆう》もないのに哲也《てつや》や妹《いもうと》のみどりに暴力《ぼうりょく》をふるうので、そういうときは、妹《いもうと》と二人《ふたり》、部屋《へや》の隅《すみ》で小《ちい》さくなっているしかない。

今《いま》は体《からだ》の大《おお》きい父親《ちちおや》にかなわないが、もう少《すこ》ししたらやり返《かえ》してやると心《こころ》に決《き》めていた。

日曜日《にちようび》。

みどりが見舞《みま》いにやってきた。顔《かお》に青《あお》あざがあるので、

「どうしたんだ?」

ときくと、

「父《とう》ちゃんになぐられた」

と言《い》った。

女《おんな》の子《こ》をなぜなぐったりするんだ。

「なんでなぐられたんだ?」

「ちょっと見《み》ただけなのに、おれをにらんだってなぐられた」

哲也《てつや》は怒《いか》りで、顔《かお》から血《ち》の気《け》が引《ひ》いた。

「おれが働《はたら》けるようになったら、家《いえ》を出《で》よう。それまで辛抱《しんぼう》しろ」

「でも怖《こわ》い。いつか殺《ころ》されるかもしれない」

「まさか、父親《ちちおや》が自分《じぶん》の娘《むすめ》を殺《ころ》すもんか。そんなことはないから安心《あんしん》しろ」

「早《はや》く家《うち》に帰《かえ》ってきて」

「おれだって、なるべく早《はや》く病院《びょういん》を出《で》たいよ」

みどりは一時間《じかん》ほどいて帰《かえ》っていった。

そのか細《ぼそ》い後《うし》ろ姿《すがた》を見送《みおく》っていると、いとおしくて涙《なみだ》が出《で》そうになった。

この妹《いもうと》だけはどんなことがあっても守《まも》ってやらなくてはと心《こころ》に決《き》めた。

それから、一週間後《しゅうかんご》に哲也《てつや》は家《いえ》に帰《かえ》ったが、松葉《まつば》づえをついている哲也《てつや》を見《み》て、

「おまえのせいで入院費用《にゅういんひよう》がたくさんかかった」

と、父親《ちちおや》は毒《どく》づいた。それに対《たい》して哲也《てつや》は、

「すみませんでした」

と、頭《あたま》を下《さ》げた。

「おれはちょっと出《で》てくる」

父親《ちちおや》はそう言《い》って出《で》ていった。

それまで部屋《へや》の隅《すみ》で小《ちい》さくなっていたみどりが、

「お兄《にい》ちゃん」

と言《い》って、駆《か》けよってきた。

「ただいま。さびしかっただろう?」

「うん。さびしかった」

みどりはあまえるような声《こえ》で言《い》った。


翌朝《よくあさ》、一か月《げつ》ぶりに学校《がっこう》に出《で》かけた哲也《てつや》は、

「帰《かえ》ったぞ」

と、勢《いきお》いよく教室《きょうしつ》に入《はい》っていったが、哲也《てつや》を見《み》るみんなの目《め》はしらっとしていて、お帰《かえ》りと言《い》ってくれるものはだれもいなかった。俊彦《としひこ》も健二《けんじ》も哲也《てつや》と目《め》を合《あ》わせないようにしている。

広樹《ひろき》と目《め》が合《あ》うと、広樹《ひろき》はにっこり笑《わら》って、

「もうよくなったの?」

ときいた。

「松葉《まつば》づえをついていたんじゃ、ざまはない」

哲也《てつや》がぶっきらぼうに言《い》うと、

「それでも生《い》きていただけ、いいじゃないか」

「そうかな。本当《ほんとう》はそう思《おも》っていないんじゃないか」

哲也《てつや》がからんでも広樹《ひろき》は聞《き》いていない顔《かお》をしている。その態度《たいど》に哲也《てつや》はむっとなった。

しかし、ここでけんかを売《う》るわけにもいかないので席《せき》に着《つ》くと、マサミがやってきた。

「機嫌悪《きげんわる》い顔《かお》してるね。どうしたの？」

「松葉《まつば》づえをついてるからか、みんなおれをシカトしやがる。これで機嫌《きげん》よくなれるか」

「まあ、今《いま》はがまんするんだね」

「それより、おれが頼《たの》んだことはやったのか？」

「それを言《い》おうと思《おも》って来《き》たんだ。計画《けいかく》は失敗《しっぱい》した。ごめんね」

「なんだよ。おまえまでやられたのか。篠塚《しのづか》はやつをぼこぼこにしなかったのか？」

「そう思《おも》ったんだけど、だめだった。あいつって、ハンパじゃないよ」

「そんなこと聞《き》きたかねえ」

「怒《おこ》ってるの？」

「あたりまえだ」

マサミは肩《かた》を落《お》として去《さ》っていった。


その日《ひ》、哲也《てつや》は入学以来《にゅうがくいらい》はじめてたった一人《ひとり》で校門《こうもん》を出《で》た。

屈辱《くつじょく》にまみれた一日《いちにち》が終《お》わった。

松葉《まつば》づえをついて歩《ある》くのは、想像《そうぞう》していたよりしんどい。やっと角《かど》を曲《ま》がったとき、

「まだ生《い》きてたのか。死《し》んだと思《おも》ったのに」

いきなり声《こえ》をかけられて顔《かお》を上《あ》げると、篠塚《しのづか》と、あの時《とき》の高校生二人《こうこうせいふたり》の三人《にん》が、哲也《てつや》の行《ゆ》く手《て》をさえぎった。

「おまえ助《たす》けられたんだってな。運《うん》のいいやつだ」

もう一人《ひとり》の高校生《こうこうせい》が言《い》った。

「何《なに》か用《よう》ですか？」

「おまえが助《たす》かったおかげで、おれたちは少年院《しょうねんいん》

に行《い》かずにすんだ。そのお礼《れい》を言《い》いたくて、ここで待《ま》っていたんだ」

篠塚《しのづか》はぞっとするような顔《かお》で、にやりとした。

「お礼《れい》なんかいりませんよ。通《とお》してください」

「通《とお》してやらねえことはないけど、おまえに頼《たの》みがあるんだ。それを聞《き》いてくれたら通《とお》してやる」

「頼《たの》みって何《なん》ですか？」

哲也《てつや》はいやな予感《よかん》がしてきた。

「おまえには妹《いもうと》がいたな」

「います」

「今何年《いまなんねん》だ？」

「小学校《しょうがっこう》六年《ねん》です」

「おれに、その子《こ》を紹介《しょうかい》してくれないか」

篠塚《しのづか》はとんでもないことを言《い》いだした。

「妹《いもうと》はまだ子《こ》どもだから、そんなことはできません」

「それじゃ、断《ことわ》るっていうのか？」

「そうです。お断《ことわ》りします」

哲也《てつや》ははっきりと断《ことわ》った。

「そうか。しょうがねえな。通《とお》してやる」
三人《にん》は道《みち》を空《あ》けた。
そこで哲也《てつや》は一歩前《いっぽまえ》に出《で》たが何《なに》もしてこなかった。そこでもう一歩進《いっぽすす》んだ。
三人《にん》は何《なに》もしないので哲也《てつや》はゆっくりと歩《ある》きはじめた。
あれは哲也《てつや》をからかうじょうだんだったのか。
しかし、そうではないような気《き》もする。
哲也《てつや》は急《きゅう》にみどりのことが心配《しんぱい》になった。

三章《しょう》　妹《いもうと》がいなくなった

1

家《いえ》に帰《かえ》った哲也《てつや》は、戸《と》を開《あ》けるなり、

「みどり！」

と、叫《さけ》んだ。いつもならそう呼《よ》べば駆《か》けよってくるはずなのに、みどりはやってこない。

みどりに何《なに》かあったに違《ちが》いない。

そう思《おも》ったとたん、目《め》の前《まえ》が真《ま》っ白《しろ》になった。

篠塚《しのづか》が連《つ》れていったのだ。あいつのことだ。みどりは何《なに》をされるかわからない。

といっても、こんな体《からだ》ではあいつらから奪《うば》いかえすこともできない。

どうしたらいい。

体《からだ》がふるえてきて止《と》まらなくなった。

そのままじっとしていると、

「哲也《てつや》、妹《いもうと》を出《だ》せ」

という声《こえ》とともに、篠塚《しのづか》が子分《こぶん》を二人《ふたり》連《つ》れて入《はい》ってきた。

「みどりはいません。連《つ》れてったんじゃないんですか」

「おかしなこと言《い》うじゃねえか。おまえがみどりをどこかにかくしたんだろう?」

「かくしてません。帰《かえ》ってきたらいなかったんです。本当《ほんとう》のことです」

「とぼけやがって。素直《すなお》に出《だ》さねえと、どんな目《め》にあうかわかってるだろうな」

篠塚《しのづか》は、持《も》ってきた棒《ぼう》で哲也《てつや》の鼻《はな》をこすった。

「だから、みどりはいないんです。どこでも捜《さが》してください」

「それじゃ、捜《さが》すぞ。家《いえ》の外《そと》もだ」

篠塚《しのづか》は子分《こぶん》に言《い》った。みんなが捜《さが》しまわっている間《あいだ》、哲也《てつや》はみどりがどこに行《い》ったのか考《かんが》えていた。

みどりが、篠塚《しのづか》がやってくるのを察《さっ》して家《いえ》を出《で》ていったとは考《かんが》えられない。では、どこに行《い》ったのか。

篠塚《しのづか》は、みどりがどこにもいないことがわかったらしく、

「帰《かえ》ってきたら、おれのところに連《つ》れてこい」

そう言《い》って帰《かえ》ろうとしたとき、警官《けいかん》が入《はい》ってきた。

「きみの妹《いもうと》は森本《もりもと》みどりか?」

警官《けいかん》は哲也《てつや》にきいた。

「はい、そうです」

哲也《てつや》が答《こた》えると、警官《けいかん》は、

「きみの妹《いもうと》が警察《けいさつ》にやって来《き》て、わたしを連《つ》れていこうとする人《ひと》が家《いえ》に来《く》るから助《たす》けてくださいと言《い》った。彼女《かのじょ》を連《つ》れていこうとしているのはおまえたちか？」

篠塚《しのづか》に厳《きび》しい顔《かお》で言《い》った。

「いいえ、ぼくたちじゃありません。ぼくたちはただ遊《あそ》びに来《き》ただけです」

「それでは生徒手帳《せいとてちょう》を見《み》せてもらおう」

警官《けいかん》に言《い》われて、篠塚《しのづか》はしぶしぶ生徒手帳《せいとてちょう》を出《だ》して見《み》せた。

「F《エフ》高校《こうこう》二年《ねん》の篠塚浩太《しのづかこうた》か」

警官《けいかん》に言《い》われたとたん、

「じゃ、また来《く》る」

と言《い》って、篠塚《しのづか》は早々《そうそう》に帰《かえ》ろうとした。

「ちょっと待《ま》て。遊《あそ》びに来《き》たというのはうそだろう。本当《ほんとう》のことを言《い》わないと警察署《けいさつしょ》に来《き》てもらうぞ」

警官《けいかん》ににらまれた篠塚《しのづか》は、

「哲也《てつや》の妹《いもうと》を連《つ》れだそうとしてるのはぼくたちではありません。もう帰《かえ》っていいですか？」

泣《な》きだしそうな声《こえ》で言《い》った。

「今回《こんかい》は許《ゆる》してやるが、もし彼《かれ》の妹《いもうと》を連《つ》れだそうとしたら、今度《こんど》は警察《けいさつ》に来《き》てもらうからな」

警官《けいかん》に念《ねん》を押《お》されて、

「はい。そんなことはしません」

と、頭《あたま》を下《さ》げた。

「よし。では行《い》け」

警官《けいかん》が言《い》い終《お》わらないうちに、篠塚《しのづか》は逃《に》げるように帰《かえ》っていった。

「妹《いもうと》さんは警察署《けいさつしょ》にいるから、私《わたし》といっしょに行《い》こう」

警官《けいかん》に言《い》われて、哲也《てつや》は家《いえ》を出《で》た。

警察署《けいさつしょ》に着《つ》いてみると、みどりがいた。

「お兄《にい》ちゃん」

みどりが飛《と》びついてきた。

「家《うち》に帰《かえ》ろう」

「もうだいじょうぶ？」

みどりがきいた。

「だいじょうぶだ」

哲也《てつや》はみどりを連《つ》れて警察署《けいさつしょ》を出《で》た。

「おまえ、一人《ひとり》で警察《けいさつ》に来《き》たのか？」

「ううん。広樹《ひろき》さんに連《つ》れてきてもらった。家《いえ》にいると変《へん》なやつが来《く》るから、警察《けいさつ》に行《い》こうって」

「そうか。よかったな」

もうこれで篠塚《しのづか》はみどりに手《て》を出《だ》すことはないだろう。

でも、なぜ広樹《ひろき》はおれを何度《なんど》も助《たす》けるのだろう。

広樹《ひろき》が何者《なにもの》なのかと思《おも》うと、あらためて哲也《てつや》は、不気味《ぶきみ》な気《き》がしてきた。


翌朝《よくあさ》、哲也《てつや》は登校《とうこう》し、広樹《ひろき》のところに行《い》くと、

「昨日《きのう》は妹《いもうと》がどうも。おかげで助《たす》かったよ」

と言《い》った。

「それはよかった。警察《けいさつ》に連《つ》れていっちゃったから、びっくりしたんじゃないかと心配《しんぱい》してた」

広樹《ひろき》も安心《あんしん》したようだ。

「妹《いもうと》がお礼《れい》を伝《つた》えてくれと言《い》ってる」

「お礼《れい》を言《い》われるほどのことはしてないよ」

それを聞《き》いたマサミが、

「何《なに》があったの？」

と、口《くち》をはさんだ。

「大《たい》したことじゃない」

広樹《ひろき》に言《い》われて、マサミは黙《だま》ってしまった。

2

篠塚《しのづか》から呼《よ》びだしがあって、マサミはよろこんで出《で》かけた。

「やけにうきうきしてるようだが、男《おとこ》ができたからか？」

篠塚《しのづか》は、マサミの顔《かお》を見《み》るなり言《い》った。

「男《おとこ》なんてできるわけないじゃん」

マサミがふくれて見《み》せると、

「そうか。それならいい。おれ、おまえにひどいこと言《い》って後悔《こうかい》してるんだ」

篠塚《しのづか》にあまい言葉《ことば》をかけられて、マサミはすっかりのぼせてしまった。

「今日《きょう》、呼《よ》んだのは、ちょっとおまえに頼《たの》みたいことがあるからなんだ」

「そう」

「何《なん》だ。ずいぶん迷惑《めいわく》そうじゃねえか」

「その反対《はんたい》。わざわざわたしに声《こえ》をかけてくれて胸《むね》がつまったの」

「そうか。それで安心《あんしん》した。マサミのクラスの哲也《てつや》に妹《いもうと》がいること知《し》ってるか？」

「知《し》らない」

「東部小学校《とうぶしょうがっこう》の六年《ねん》二組《くみ》で、みどりっていうんだ」

「それがどうしたの？」

「そいつをうまいこと言《い》って連《つ》れだしてほしいんだ。おれがやりゃいいんだけど、サツからにらまれているんで、できねえんだ」

「わかった。そんなことならお安《やす》いご用《よう》。わたしにまかしといて」

マサミは気安《きやす》く引《ひ》きうけた。

数日後《すうじつご》、担任《たんにん》の倉地《くらち》が、広樹《ひろき》が転校《てんこう》したことをみんなに伝《つた》えた。

「どうして？」

哲也《てつや》がきくと、

「家《いえ》の都合《つごう》だそうだ」

倉地《くらち》はそれしか言《い》わなかった。

「どうして転校《てんこう》したんだ？」

哲也《てつや》が美沙《みさ》にきいたが、

「知《し》らない。きいても理由《りゆう》は言《い》わなかった」

と、うつむくだけだった。

その日《ひ》、哲也《てつや》が学校《がっこう》から帰《かえ》ると、みどりがいなかった。

すぐに警察《けいさつ》に行《い》って、この間家《あいだいえ》に来《き》た警官《けいかん》の大野《おおの》に、みどりがいなくなったことを話《はな》し、捜《さが》してくれるよう頼《たの》んだ。

大野《おおの》は翌日《よくじつ》、家《いえ》にやってくると、

「妹《いもうと》さんは篠塚《しのづか》が連《つ》れていったのではないようだ。警察《けいさつ》でも行方《ゆくえ》を捜《さが》してみる」

と言《い》って、帰《かえ》っていった。

篠塚《しのづか》でないとするとだれなのか。まったく見当《けんとう》がつかなかった。

その翌日《よくじつ》、哲也《てつや》が学校《がっこう》に行《い》くと、美沙《みさ》がやってきて、「みどりちゃん、帰《かえ》ってきた？」ときいた。

美沙《みさ》は小学生《しょうがくせい》の時《とき》、みどりと遊《あそ》んだり、仲《なか》よくしていた。

「それがまだなんだ。警察《けいさつ》にも相談《そうだん》した」

健二《けんじ》がやってきて、「何《なに》かあったのか？」ときいた。

「妹《いもうと》がだれかにさらわれた」

哲也《てつや》は頬《ほお》をひきつらせて言《い》った。

「篠塚《しのづか》じゃないのか？」

「警察《けいさつ》に相談《そうだん》したけど、篠塚《しのづか》ではないらしい」

「篠塚《しのづか》でないとするとだれだ？」

「それがわからないんだ」

こんなとき、広樹《ひろき》がいてくれたら、みどりがどこにいるか教《おし》えてくれたかもしれないのに。

哲也《てつや》が困《こま》りはてていると、

「わたしの友《とも》だちで、探偵事務所《たんていじむしょ》をやっている人《ひと》がいるから、そこに行《い》ってみたら？」

美沙《みさ》が言《い》った。

「探偵事務所《たんていじむしょ》？」

「中学生《ちゅうがくせい》なんだけど、難《むずか》しい事件《じけん》を解決《かいけつ》してるって評判《ひょうばん》よ」

「わかった。それ2A《ツーエー》探偵局《たんていきょく》っていうんだろう。たしか所長《しょちょう》は女子《じょし》のはずだ。『フィレンツェ』という
イタリア料理店《りょうりてん》に事務所《じむしょ》があるんだ。そこなら、おれも知《し》ってるから連《つ》れていってやる」

健二《けんじ》はその日《ひ》の授業《じゅぎょう》が終《お》わると、哲也《てつや》を連《つ》れて『フィレンツェ』に出《で》かけた。

3

哲也《てつや》はイタリアンレストランに入《はい》るのは初《はじ》めてなので、健二《けんじ》の後《あと》について店内《てんない》に入《はい》るのにちょっと抵抗《ていこう》があった。

ちょうど夕方《ゆうがた》の仕込《しこ》みの時間《じかん》だったためか、店《みせ》にはお客《きゃく》がいなかったので、健二《けんじ》は奥《おく》の席《せき》まで行《い》くと、

「お願《ねが》いがあって来《き》ました」

と、そこに座《すわ》っていた男子中学生《だんしちゅうがくせい》に言《い》った。

「お願《ねが》いって何《なに》？」

中学生《ちゅうがくせい》がやさしくきいたので、哲也《てつや》は肩《かた》の力《ちから》が抜《ぬ》けた。

「おれ、東部中学《とうぶちゅうがく》の二年《ねん》なんだけど、妹《いもうと》がいなくなっちゃって……」

「妹《いもうと》さんはいくつ？」

「小学校《しょうがっこう》の六年《ねん》」

「きみんちの家族構成《かぞくこうせい》を教《おし》えてくれないかな」

「母親《ははおや》は二年前《ねんまえ》に家《いえ》を出《で》てどこかに行《い》ってしまった。今《いま》は父親《ちちおや》と妹《いもうと》の三人暮《にんぐ》らしだけど、父親《ちちおや》は働《はたら》きに出《で》てほとんど家《いえ》に帰《かえ》ってこないから、普段《ふだん》は妹《いもうと》と二人《ふたり》だけで暮《く》らしてる」

「いなくなった妹《いもうと》さんの名前《なまえ》を聞《き》かせてくれないかな」

「森本《もりもと》みどり」

「うん、かわいい名前《なまえ》だね」

「かわいいやつなんだ。あいつがいないと、おれはもうさびしくて、生《い》きていられないよ」

哲也《てつや》は声《こえ》をつまらせた。

「きみたちの名前《なまえ》は？」

「森本哲也《もりもとてつや》」

「おれは中村健二《なかむらけんじ》」

健二《けんじ》がつづけた。

「そうか。おれの名前《なまえ》は足田貢《あしだみつぐ》っていうんだけど、みんなはアッシーと呼《よ》んでいるから、きみもアッシーと呼《よ》んでくれ」

「アッシーなんて、おもしろいね」

健二《けんじ》は思《おも》わず笑《わら》ってしまった。

「みどりちゃんがいなくなったのはいつ？」

「二日前《ふつかまえ》」

「警察《けいさつ》には届《とど》けた？」

「届《とど》けた」

「きみの家《いえ》はお金持《かねも》ち？」

「とんでもない。貧乏《びんぼう》だよ」

「そうか、すると身代金《みのしろきん》をよこせというのではなさそうだな」

「そんなお金《かね》、あるわけがないよ。それで、この探偵事務所《たんていじむしょ》にいくらお金《かね》をはらえばいいのかな？　そっちのほうが心配《しんぱい》だよ」

「それなら心配《しんぱい》することはないわ。うちはお金《かね》のない人《ひと》はタダだから」

突然《とつぜん》、きりっとした表情《ひょうじょう》の女子《じょし》が歩《あゆ》みよってきて、

「わたしはこの探偵事務所《たんていじむしょ》の所長《しょちょう》で、名前《なまえ》は前川有季《まえかわゆうき》」

と言《い》うと、

「つまり、彼女《かのじょ》がシャーロック・ホームズで、おれがワトソンっていうわけ」

貢《みつぐ》がつづけた。

「おたくの評判《ひょうばん》はうちの学校《がっこう》でも有名《ゆうめい》だよ。だからやってきたんだ」

健二《けんじ》が言《い》った。

「そう。うれしいことを言《い》ってくれるわね。でもこの事件《じけん》は身代金《みのしろきん》が目的《もくてき》でないとすると、難《むずか》しいわ」

「どこが難《むずか》しいの？」

哲也《てつや》が有季《ゆうき》にきいた。

「どんな事件《じけん》にも動機《どうき》があるけれど、これにはそれが見当《みあ》たらない」

「かわいいからといって、だれかが連《つ》れていったんじゃないのかな？」

健二《けんじ》がきいた。

「それなのよ。もしそうだとすると、連《つ》れていかれたときの目撃者《もくげきしゃ》を捜《さが》さなければならないけど、これが難《むずか》しいのよ。だれか、みどりちゃんに関心《かんしん》を持《も》っている人《ひと》、知《し》らない？」

「F《エフ》高校《こうこう》の篠塚《しのづか》ってやつがいるけど、こいつは警察《けいさつ》が目《め》をつけているから違《ちが》うと思《おも》う」

哲也《てつや》が言《い》った。

「篠塚《しのづか》なら知《し》ってる。この辺《へん》の中高生《ちゅうこうせい》なら知《し》らないやつはいないほどのワルだからな。さすがに警察《けいさつ》も目《め》をつけているんだね」

貢《みつぐ》が言《い》った。

「みどりを紹介《しょうかい》しろと言《い》うから断《ことわ》ったんだ。そうしたら、すぐに家《いえ》にやってきた。そこへちょうど警官《けいかん》が来《き》て追《お》っぱらってくれたんだよ」

「篠塚《しのづか》のまわりを調《しら》べてみよう。ちょっと気《き》になる」

有季《ゆうき》が貢《みつぐ》に言《い》った。

「おれらはこれからどうしたらいい？」

健二《けんじ》がきくと、

「きみたちは何《なに》もしないほうがいい」

「そう。じゃ、今日《きょう》はこのくらいで帰《かえ》っていいかな?」

健二《けんじ》が言《い》った。

「いいわ。何《なに》か新《あたら》しい情報《じょうほう》があったらどんなことでもいい、教《おし》えてちょうだい。わたしたちも調査《ちょうさ》の進《しん》展《てん》をお知《し》らせします」

「わかったよ。何《なに》かあったらメールで知《し》らせる」

二人《ふたり》はそう言《い》って、2A《ツーエー》探偵局《たんていきょく》を後《あと》にした。

「有季《ゆうき》って子《こ》、頭《あたま》が切《き》れそうだな」

哲也《てつや》が言《い》った。

「そうだろう。あの子《こ》に任《まか》せれば、きっと見《み》つかる」

「うん、そんな気《き》がしてきた」

哲也《てつや》の顔《かお》が少《すこ》し明《あか》るくなった。

4

「なぜあんな家《いえ》の子《こ》を誘拐《ゆうかい》したりするのかな」

二人《ふたり》が帰《かえ》ると、貢《みつぐ》が言《い》った。

「これは誘拐《ゆうかい》というよりは人《ひと》さらいだね。最近《さいきん》、かわいい女《おんな》の子《こ》はよく狙《ねら》われるらしいわ。みどりちゃんのケースもそれじゃないかしら」

「連《つ》れていってどうするんだ？」

「殺《ころ》しはしない。いっしょに暮《く》らすのよ。ペットの代《か》わりね」

「変《へん》なやつ」

「そう。変《へん》なやつよ。でも、犯人《はんにん》は外《そと》から見《み》たら普通《ふつう》の人《ひと》と変《か》わらないから、見《み》つけるのが難《むずか》しいのよ」

「そんな難《むずか》しい事件《じけん》引《ひ》きうけちゃって、どうするつもりだ？　しかもタダで」

「だって警察《けいさつ》に任《まか》せといても犯人《はんにん》は捕《つか》まらないと思《おも》うの。だからよ」

「どこからはじめるつもりだ？」

「篠塚《しのづか》にまず会《あ》ってみるつもり」

「篠塚《しのづか》はこのあたりの高校《こうこう》では評判《ひょうばん》のワルだ。中学生《ちゅうがくせい》の有季《ゆうき》がのこのこ出《で》かけて行《い》っても、軽《かる》くあしらわれるか、脅《おど》かされるのがオチだ」

貢《みつぐ》が言《い》った。

「そうね。一度《いちど》、真《しん》にも相談《そうだん》してみない？」

「それはいい」

「これから彼《かれ》のところに行《い》ってくるわ」

有季《ゆうき》が言《い》うと、

「じゃ、おれも行《い》く」

貢《みつぐ》もそう言《い》って、有季《ゆうき》といっしょに『フィレンツェ』を出《で》た。

真之介《しんのすけ》の家《いえ》に行《い》くと、運《うん》よく家《いえ》にいた。

「こんにちは」

「おや、二人《ふたり》がいっしょに来《く》るなんてめずらしい。何《なに》があったんだ?」

真之介《しんのすけ》が言《い》った。

「ちょっと相談《そうだん》があってね」

貢《みつぐ》が言《い》うと、

「その顔《かお》はちょっとではなさそうだ。まあいい。話《はなし》を聞《き》こう」

真之介《しんのすけ》はいつもと変《か》わらぬ調子《ちょうし》で言《い》った。

「こういう事情《じじょう》なの」

有季《ゆうき》はこれまでのいきさつを真之介《しんのすけ》に話《はな》した。

「人《ひと》さらいか。篠塚《しのづか》にはどうしても会《あ》う必要《ひつよう》があるな。こいつは何《なに》か知《し》っている。しかし、会《あ》ってきいても素直《すなお》には言《い》わないだろう」

「脅《おど》かされるかもしれないわ」

「そう出《で》てくれれば思《おも》うツボだ。よし、ぼくが行《い》こう。篠塚《しのづか》のところに案内《あんない》してくれ」

真之介《しんのすけ》は軽《かる》い調子《ちょうし》で言《い》った。

「相手《あいて》は高校生《こうこうせい》。それも札付《ふだつ》きのワルよ。だいじょうぶ？」

「高校生《こうこうせい》のフリをして行《い》くから平気《へいき》だよ」

背《せ》が高《たか》く、大人《おとな》びた顔立《かおだ》ちの真之介《しんのすけ》は、よく高校生《こうこうせい》と間違《まちが》われる。

貢《みつぐ》は時計《とけい》を見《み》た。

午後《ごご》四時《じ》をまわっている。この時間《じかん》だとS通《エスどお》りのゲームセンターにいるのをたびたび見《み》かけたことがある。

「じゃ、行《い》こう」

「アッシー、篠塚《しのづか》がどこにいるか知《し》ってるの？」

有季《ゆうき》がきいた。

「多分《たぶん》、あそこにいるはずだ。少《すこ》し遠《とお》いけどいい？」

貢《みつぐ》は真之介《しんのすけ》に言《い》うと、先《さき》に立《た》って歩《ある》きだした。

確《たし》かにS通《エスどお》りのゲームセンターまで行《い》くには三十分《ぶん》近《ちか》く歩《ある》いた。

「ここにいるのか？」

「うん」

貢《みつぐ》はもし篠塚《しのづか》がいなかったらどうしようと思《おも》いながら店《みせ》の奥《おく》へ入《はい》っていった。すると、篠塚《しのづか》が子分《こぶん》たちを三、四人《にん》つれてゲームをやっていた。

「あれがそうか」

真之介《しんのすけ》が言《い》うと、篠塚《しのづか》が後《うし》ろを振《ふ》りむいた。

「こんにちは。ぼく、秋庭真之介《あきばしんのすけ》と言《い》います。ちょっとお話《はなし》を聞《き》きたいのですが……」

と、にこやかな笑《え》みを浮《う》かべて篠塚《しのづか》のところまで行《い》き、話《はな》しかけた。

「なんだ?」

篠塚《しのづか》は眉間《みけん》にしわを寄《よ》せて、うさんくさそうに真之介《しんのすけ》を見《み》た。

「聞《き》きたいのはみどりさんのことです。いなくなったこと、ご存知《ぞんじ》ですか?」

「知《し》ってる。警察《けいさつ》から聞《き》いた」

「どうして警察《けいさつ》が?」

「おれを疑《うたが》って来《き》たんだ」

「警察《けいさつ》に疑《うたが》われるようなことをしたんですか?」

「おまえ、だれに頼《たの》まれてここへ来《き》たんだ?」

篠塚《しのづか》の表情《ひょうじょう》が険《けわ》しくなった。

「言《い》わなくちゃいけませんか?」

「当《あ》たり前《まえ》だろう」

「警察《けいさつ》です」

「警察《けいさつ》？　うそをつくな。警察《けいさつ》が素人《しろうと》に頼《たの》むか。本当《ほんとう》のことを言《い》え。だれに頼《たの》まれたんだ？」

「ぼくは素人《しろうと》ではありません。だからここに来《き》たんです。そんなことより、みどりさんをさらったのはあなたでしょう。こっちにはわかってるんです」

「わかってるなら警察《けいさつ》に言《い》えよ」

「それより、みどりさんを返《かえ》してくださいよ。返《かえ》してくれれば何《なに》も言《い》いません」

「返《かえ》せと言《い》ったって、おれはどこにいるか知《し》らねえ」

「とぼけてると、ヤバイことになりますよ」

「ヤバイことって何《なん》だ？」

「こんどは、あなたがさらわれる番《ばん》です」

「へたな脅《おど》しはやめろ。おれをなめるんじゃねえ」

「そうですか。それは失礼《しつれい》しました。またうかがいます」

真之介《しんのすけ》はそう言《い》うと、貢《みつぐ》と有季《ゆうき》を連《つ》れてゲームセンターを出《で》た。

「あれで、もし篠塚《しのづか》がみどりさんがいなくなったことに関係《かんけい》していれば、動《うご》きがあるはずだから、篠塚《しのづか》を見張《みは》っていればいい」

「なるほど」

「篠塚《しのづか》は警察《けいさつ》に目《め》をつけられているから自分《じぶん》では動《うご》けない。動《うご》いたとすれば哲也《てつや》くんのクラスのだれかね」

有季《ゆうき》が言《い》うと、

「そのとおり。さすが、探偵《たんてい》だけのことはある」

真之介《しんのすけ》にほめられて、有季《ゆうき》はちょっと照《て》れた。

「哲也《てつや》が入院《にゅういん》してから、子分《こぶん》はみんな離《はな》れたようだ。だから、みどりちゃんを売《う》るやつはいくらでもいる」

貢《みつぐ》が言《い》った。

「じゃ、哲也《てつや》の元子分《もとこぶん》を探《さが》すんだ」

真之介《しんのすけ》に見《み》つめられて貢《みつぐ》の目《め》が光《ひか》った。

5

哲也《てつや》は『フィレンツェ』に着《つ》くなり、

「篠塚《しのづか》に会《あ》ってくれた?」

と、貢《みつぐ》にきいた。

「会《あ》った。あいつは知《し》らないととぼけたが、何《なに》か知《し》っているのは間違《まちが》いない。それより、きみには子分《こぶん》が何人《なんにん》もいたろう？」

「子分《こぶん》？　たしかにいたかもしれないけど、おれが入院《にゅういん》している間《あいだ》にみんなそうじゃなくなったよ」

哲也《てつや》はちょっとさびしそうな顔《かお》をした。

「その中《なか》で、篠塚《しのづか》の子分《こぶん》になったやつはいないか？」

「いるかもしれないけど、おれは知《し》らない」

「そいつが、みどりちゃんがいなくなったことに関《かか》わっているかもしれないぜ。だれがなったか調《しら》べてみるんだ」

「わかった。やってみるよ」

こんなとき、広樹《ひろき》がいてくれたらいいのにと思《おも》った。

今《いま》は仕方《しかた》ないから、広樹《ひろき》と仲《なか》が良《よ》かった美沙《みさ》にきいてみよう。美沙《みさ》なら知《し》っているかもしれない。

そんなことを考《かんが》えながら家《いえ》に帰《かえ》った。いつもならみどりが出迎《でむか》えてくれるのに、だれもいない。家《いえ》の中《なか》は寒々《さむざむ》としていた。

翌朝《よくあさ》、学校《がっこう》に行《い》くと、美沙《みさ》を探《さが》した。すぐに見《み》つかったので、

「ちょっと教《おし》えてもらいたいんだ」

と、話《はな》しかけた。

「何《なん》を?」

美沙《みさ》が少《すこ》し驚《おどろ》いたように言《い》った。

「このクラスの中《なか》に、篠塚《しのづか》の子分《こぶん》になってるやつがいるかどうか、知《し》らないかな?」

哲也《てつや》はきいた。

「知《し》らないわ。どうしてそんなことをわたしにきくの?」

「みどりのことなんだ。もしかして、そいつが連《つ》れだしたのかもと思《おも》ったんだ」

「みどりちゃん、まだ戻《もど》ってこないの?」

「警察《けいさつ》も捜《さが》してくれているんだけど、まだなんだ」

「心配《しんぱい》ね。それならマサミさんにきいてみる。彼女《かのじょ》なら知《し》っているかもしれないから」

「きいてみてくれ。でも、だいじょうぶか?」

美沙《みさ》のことが心配《しんぱい》になった。

「だいじょうぶ」

「じゃ、頼《たの》むよ」

哲也《てつや》は美沙《みさ》に頼《たの》むと、自分《じぶん》の席《せき》に戻《もど》った。

以前《いぜん》だったら、必《かなら》ずだれかが席《せき》までやってきていたのに、今《いま》はだれも来《こ》ない。しかし、それにも慣《な》れたのでさびしくはない。

その日《ひ》の給食《きゅうしょく》の時間《じかん》、美沙《みさ》が哲也《てつや》のところにやってきて言《い》った。

「マサミさんと話《はな》したわ」

「何《なに》かわかったか？」

「わかった。みどりちゃんを連《つ》れだしたのはマサミさんだって。篠塚《しのづか》さんの命令《めいれい》らしいわ」

「やっぱり篠塚《しのづか》か」

「ところが、連《つ》れて帰《かえ》る途中《とちゅう》で逃《に》げられちゃったんだって」

「みどりが逃《に》げたのか？」

「そう。まるで煙《けむり》みたいに消《き》えちゃったんだって。そんなことってある？」

広樹《ひろき》がいるときならありそうだ。しかし今《いま》は、広樹《ひろき》はいない。

「ないな」

「じゃ、マサミさんはうそをついているのかしら」

「うそだ。そんなことあるはずがない」

「わたしもそう思《おも》う。広樹《ひろき》くんがいれば別《べつ》だけど、彼《かれ》はもういないし。でも、彼女《かのじょ》は絶対《ぜったい》うそじゃないって言《い》ってる」

美沙《みさ》にそう言《い》われて、マサミはうそをついていないんじゃないか、という気《き》がしてきた。

「ありがとう」

美沙《みさ》にお礼《れい》を言《い》ったものの、みどりの行方《ゆくえ》はますますわからなくなってしまった。哲也《てつや》は、頭《あたま》が混乱《こんらん》して収拾《しゅうしゅう》がつかなくなった。


哲也《てつや》は授業《じゅぎょう》が終《お》わると、『フィレンツェ』に出《で》かけた。

ちょうど有季《ゆうき》がいたので、マサミの一件《いっけん》を話《はな》した。

「マサミさんの言《い》うことをどう思《おも》う？」

有季《ゆうき》がきいた。

「本当《ほんとう》だと思《おも》う」

「どうして、それが本当《ほんとう》だと思《おも》うの？　わたしにはうそをついているとしか思《おも》えない」

そこで哲也《てつや》は、クラスに広樹《ひろき》という不思議《ふしぎ》な転校生《てんこうせい》がいたことを話《はな》した。

「その子《こ》は今《いま》どこに転校《てんこう》したの？」

「それがどこかわからないんだ。突然《とつぜん》、学校《がっこう》に来《こ》なくなっちゃったから」

「世《よ》の中《なか》には、そんな不思議《ふしぎ》な話《はなし》があるのね」

有季《ゆうき》は貢《みつぐ》と顔《かお》を見合《みあ》わせて不思議《ふしぎ》がった。

「そうなると、みどりちゃんをどう捜《さが》したらいいものか、まったく見当《けんとう》もつかない」

貢《みつぐ》が言《い》った。

「困《こま》ったわね。もう一度《いちど》0《ゼロ》から考《かんが》え直《なお》してみる」

有季《ゆうき》もつづけて言《い》った。

哲也《てつや》がしょんぼりして帰《かえ》ったあと、

「この事件《じけん》、断《ことわ》っちゃおうか」

と、貢《みつぐ》が言《い》った。

「そうはいかないよ。哲也《てつや》くんのしょんぼりした後《うし》ろ姿《すがた》見《み》た？」

「それはそうだけど、哲也《てつや》の話《はなし》って幽霊《ゆうれい》だぜ。幽霊《ゆうれい》がやったんだとしたら、おれたちには無理《むり》だよ。第《だい》一《いち》、気持《きも》ちわるい」

「たしかに広樹《ひろき》って子《こ》の行動《こうどう》は、わたしたちの常識《じょうしき》では判断《はんだん》できないところがある。だからおもしろいと思《おも》うのよ」

「じゃ、やる気《き》か？」

「みどりちゃんを捜《さが》しだそうよ。どこかにいるはずよ」

有季《ゆうき》がやると言《い》ったらやるしかない。

貢《みつぐ》は腹《はら》を決《き》めた。

6

家《いえ》に帰《かえ》った有季《ゆうき》は、哲也《てつや》の話《はなし》をもう一度《いちど》考《かんが》え直《なお》してみた。ふらりとやってきて、ふらりと去《さ》っていく、広樹《ひろき》という人物《じんぶつ》の行動《こうどう》は、人間《にんげん》とは思《おも》えない。

貢《みつぐ》は幽霊《ゆうれい》だと言《い》ったが、有季《ゆうき》はそんなはずはないと思《おも》っている。

有季《ゆうき》は真之介《しんのすけ》に会《あ》ってみようと思《おも》った。真之介《しんのすけ》ならいいヒントを与《あた》えてくれそうな気《き》がしたからだ。

真之介《しんのすけ》の家《いえ》はすぐ近《ちか》くなので、さっそく出《で》かけた。

「真《しん》はいる？」

と言《い》うと、すぐに真之介《しんのすけ》が顔《かお》を出《だ》した。

「なんだ、また迷《まよ》っているな」

「人《ひと》さらいのことで相談《そうだん》にきたの」

「あの子《こ》、まだ見《み》つからないのか？」

「そう。それについて、さらって行《い》ったのは幽霊《ゆうれい》ではないかとアッシーが言《い》ってるの。そんなことってある？」

「幽霊《ゆうれい》？」

「そうなの。話《はなし》を聞《き》いて」

有季《ゆうき》はこれまでのいきさつを真之介《しんのすけ》に話《はな》した。

聞《き》き終《お》わった真之介《しんのすけ》は、間髪《かんはつ》をいれずに、

「それは幽霊《ゆうれい》だ」

と言《い》った。

これには有季《ゆうき》の方《ほう》がおどろいて、

「真《しん》って、本気《ほんき》で幽霊《ゆうれい》を信《しん》じているの？」

ときいた。

「もちろん信《しん》じているさ。有季《ゆうき》は信《しん》じていないのか？」

「当《あ》たり前《まえ》でしょう。真《しん》が本気《ほんき》で幽霊《ゆうれい》を信《しん》じているなんて驚《おどろ》きだわ」

「驚《おどろ》くのはこっちの方《ほう》だ。有季《ゆうき》の教養《きょうよう》はそんなものか？」

「幽霊《ゆうれい》を信《しん》じるのが教養《きょうよう》だなんて、真《しん》の教養《きょうよう》ってそんなところ？　見《み》そこなったわ」

「きみは科学《かがく》で証明《しょうめい》できないことはすべてインチキだとみるようだな」

「そうよ。それのどこがいけないの？」

「きみは、科学《かがく》は万能《ばんのう》だと信《しん》じているようだが、そうではない。科学《かがく》でわからないことはいくらでもあるんだ」

真之介《しんのすけ》があまりに自信《じしん》ありげに言《い》うので、有季《ゆうき》は腹《はら》が立《た》って、出《だ》してくれた紅茶《こうちゃ》も飲《の》まずに帰《かえ》ってきてしまった。

　こんなに腹《はら》が立《た》ったときは、貢《みつぐ》に電話《でんわ》するに限《かぎ》る。

電話《でんわ》するとすぐに貢《みつぐ》ののんびりした声《こえ》が聞《き》こえた。

「真《しん》にばかにされた」

「なんだよ。いきなり」

「おまえは教養《きょうよう》がないって言《い》われた」

「なんだ、そんなことで頭《あたま》にくるなんてどうかしてる。コーヒーでも飲《の》みに来《こ》い」

　貢《みつぐ》にそう言《い》われてみると、なんだかコーヒーが飲《の》みたくなった。

「じゃ、すぐに行《い》く」

　有季《ゆうき》が『フィレンツェ』に行《い》くと、貢《みつぐ》がいれたての熱《あつ》いコーヒーを二つ持《も》ってきた。

「何《なに》が頭《あたま》に来《き》たんだ?」

　貢《みつぐ》はコーヒーカップを口《くち》に持《も》っていきながら言《い》った。

「あいつ、幽霊《ゆうれい》はいるって言《い》うのよ。そんなのおかしいと言《い》ったら、教養《きょうよう》がないって言《い》われた。それは反対《はんたい》じゃない?」

「そうは思《おも》わない。幽霊《ゆうれい》を否定《ひてい》する有季《ゆうき》の方《ほう》がおかしい」

　有季《ゆうき》は熱《あつ》いコーヒーを一口《ひとくち》飲《の》んで、思《おも》わず、「熱《あつ》い!」と言《い》ってしまった。

「気《き》をつけろよ」

その時《とき》、有季《ゆうき》のケータイに真之介《しんのすけ》から電話《でんわ》がかかってきた。

「さっきの話《はなし》だけど、みどりさんは三日後《みっかご》に戻《もど》ってくる」

「そんなことがどうしてわかるの？」

「とにかく三日間《みっかかん》待《ま》て」

「じゃ、わたしはそれまでに必《かなら》ず見《み》つけてみせる」

「そうか。それならやってみろ。きっとぼくの言《い》ったとおりになる」

真之介《しんのすけ》はそう断言《だんげん》すると、電話《でんわ》を切《き》った。

「あいつ、何《なに》を根拠《こんきょ》に言《い》ってるのか知《し》らないけど、みどりちゃんが三日後《みっかご》に戻《もど》ってくるって。だから、わたしは三日以内《みっかいない》に必《かなら》ず見《み》つけるって言《い》ってやった」

「そんなこと言《い》って、見《み》つける自信《じしん》があるのか？」

「ないよ。そんなの」

「自信《じしん》もないのに言《い》っちゃって、もし見《み》つからなかったら笑《わら》われるだけだぜ」

「だから、何《なに》がなんでも見《み》つけるのよ。アッシー、がんばろう」

「急《きゅう》にそんな無茶《むちゃ》なこと言《い》われても、知《し》らないよ」

貢《みつぐ》は有季《ゆうき》の暴走《ぼうそう》ぶりにあきれた。

7

一日目《にちめ》。

その日《ひ》、貢《みつぐ》は下校時間《げこうじかん》を狙《ねら》って東部中学校《とうぶちゅうがっこう》に行《い》くと、校門《こうもん》でマサミを捕《つか》まえた。

「もう一度《いちど》きくけど、みどりちゃんが消《き》えた時《とき》のことを教《おし》えてくれないかな。だれかに連《つ》れていかれたんじゃないか」

「そんなことは絶対《ぜったい》ない。煙《けむり》みたいに消《き》えちゃったんだ」

「煙《けむり》みたいに消《き》えたって篠塚《しのづか》は信《しん》じたか？」

「信《しん》じないよ。うそつくな、ってなぐられた」

「そうだろう。おれだって信《しん》じられない」

「わたしだって信《しん》じられないよ。突然《とつぜん》消《き》えちゃうんだもの。みどりを連《つ》れていったのは人間《にんげん》じゃない」

「人間《にんげん》でなかったらなんだ？」

「妖怪《ようかい》だね」

「姿《すがた》を見《み》たのか？」

「見《み》てない」

「それじゃ、妖怪《ようかい》だって言《い》っても信《しん》じる人《ひと》はいないよ」

「警察《けいさつ》でもそう言《い》われた」

マサミの目《め》の前《まえ》で、みどりが消《き》えたのは事実《じじつ》だろう。しかし、これは人間《にんげん》にできることではない。

では、だれがみどりを連《つ》れていったのだろう。

有季《ゆうき》はマサミがうそをついていると言《い》っているが、貢《みつぐ》にはそうは思《おも》えないと有季《ゆうき》に言《い》うしかない。

「人間《にんげん》が煙《けむり》みたいに消《き》えるなんて。だれかが連《つ》れていったのよ。そうでなければマサミさんが連《つ》れていった。わたしにはそうとしか考《かんが》えられない」

「そういうところが、有季《ゆうき》の頭《あたま》がかたいところだ」

貢《みつぐ》までが真之介《しんのすけ》と同《おな》じことを言《い》う。

有季《ゆうき》はどうしても納得《なっとく》いかないので、その日《ひ》、直接《ちょくせつ》マサミに会《あ》ってみたが、貢以上《みつぐいじょう》のことは聞《き》けなかった。

こうして、みどりは見《み》つからないまま一日目《にちめ》が過《す》ぎた。

二日目《ふつかめ》もみどりは見《み》つからなかったので、さすがに有季《ゆうき》は焦《あせ》った。

「どうして見《み》つけられないの？」

と、貢《みつぐ》を責《せ》めたてたが、貢《みつぐ》は暖簾《のれん》に腕押《うでお》しでらちがあかなかった。

最後《さいご》の三日目《みっかめ》がやってきた。今日中《きょうじゅう》には何《なに》がなんでもみどりを見《み》つけなければならないのに、どうしたらいいのか、方法《ほうほう》さえ思《おも》いうかばなかった。

『フィレンツェ』で二人《ふたり》が頭《あたま》を寄《よ》せあっていると、
真之介《しんのすけ》がやってきた。

「みどりさんは哲也《てつや》の家《いえ》に帰《かえ》ってるぞ」

「うっそお」

有季《ゆうき》は思《おも》わず声《こえ》を上《あ》げた。

「うそだと思《おも》うなら哲也《てつや》に電話《でんわ》してみろ」

真之介《しんのすけ》に言《い》われて、貢《みつぐ》が電話《でんわ》した。

「哲也《てつや》か？」

と言《い》ったとたん、

「みどりが帰《かえ》ってきた。ありがとう」

哲也《てつや》は声《こえ》をはずませた。

「みどりちゃんが帰《かえ》ってきたって」

貢《みつぐ》は有季《ゆうき》の顔《かお》を見《み》た。

有季《ゆうき》は声《こえ》も出《で》ない。

「ぼくが言《い》ったとおりだろう」

真之介《しんのすけ》が言《い》った。

「負《ま》けました」

有季《ゆうき》は真之介《しんのすけ》に頭《あたま》を下《さ》げて、「どうしてわかったの?」ときいた。

「きみが信《しん》じない幽霊《ゆうれい》が教《おし》えてくれたんだよ」

「それはうそ。だれかに聞《き》いたんでしょう」

「だから幽霊《ゆうれい》だって言《い》ったろう。そこまで信《しん》じないなら幽霊《ゆうれい》に会《あ》わせてやろうか」

「会《あ》わせて」

有季《ゆうき》はつい言《い》ってしまった。

「会《あ》うのは向《む》こうがいいと言《い》ってくるまで待《ま》たなくてはならない。こちらからは会《あ》えないんだ」

そう言《い》われれば待《ま》つしかないので、有季《ゆうき》は、「いいわ」と言《い》った。

「じゃ、帰《かえ》る」

そう言《い》って、真之介《しんのすけ》は帰《かえ》ってしまった。

「みどりちゃんはたしかに哲也《てつや》の家《いえ》にいたけど、だれが連《つ》れてきたんだろう」

真之介《しんのすけ》が帰《かえ》ると、貢《みつぐ》が言《い》った。

「そう言《い》えば、真《しん》は自分《じぶん》が連《つ》れていったとは言《い》わなかったわね」

「哲也《てつや》もだれが連《つ》れてきたか言《い》わなかった」

「不思議《ふしぎ》ね」

「有季《ゆうき》は、これでも幽霊《ゆうれい》はいないと言《い》うのか？」

「……う、ん」

有季《ゆうき》はなんとも答《こた》えようがなかった。

「真《しん》は幽霊《ゆうれい》に会《あ》わせてやると言《い》った。本当《ほんとう》に会《あ》う気《き》か？」

貢《みつぐ》がきいた。

「あのときは会《あ》うって言《い》っちゃったけど、考《かんが》えてみると会《あ》うのが気持《きも》ち悪《わる》くなった」

「有季《ゆうき》は幽霊《ゆうれい》なんかいないと思《おも》っているんだろう。だったら平気《へいき》だろう。会《あ》うのが気持《きも》ち悪《わる》いなんておかしいじゃないか」

貢《みつぐ》にそう言《い》われてみると、そのとおりだ。

有季《ゆうき》は言葉《ことば》につまった。

「もしかして、幽霊《ゆうれい》を信《しん》じたんじゃないか」

貢《みつぐ》がつづけて言《い》った。

「信《しん》じてないってば」

有季《ゆうき》は言《い》いはった。

四章《しょう》　脅迫状《きょうはくじょう》

1

「今日《きょう》、幽霊《ゆうれい》が家《うち》にくるから、夜《よる》の七時《じ》に来《こ》ないか」

という電話《でんわ》が真之介《しんのすけ》からかかってきたのは、それから三日後《みっかご》の朝《あさ》だった。

学校《がっこう》に行《い》って、そのことを貢《みつぐ》に言《い》うと、「おれも行《い》く」と、はずんだ声《こえ》で言《い》った。

午後《ごご》七時《じ》少《すこ》し前《まえ》、有季《ゆうき》は貢《みつぐ》を連《つ》れて真之介《しんのすけ》の家《いえ》を訪《おとず》れた。

「まあ、紅茶《こうちゃ》でも飲《の》んで幽霊《ゆうれい》を待《ま》とう」

そう言《い》って、真之介《しんのすけ》は二人《ふたり》に紅茶《こうちゃ》を持《も》ってきた。

やがて七時《じ》になると、

「まいりました」

と、声《こえ》がした。有季《ゆうき》はあたりを見《み》まわしたが人影《ひとかげ》はない。

「幽霊《ゆうれい》だから姿《すがた》が見《み》えないんだ。有季《ゆうき》、あいさつして」

真之介《しんのすけ》に言《い》われて、有季《ゆうき》は、

「わたしは2A《ツーエー》探偵局《たんていきょく》の有季《ゆうき》です。こちらはアッシーです。お姿《すがた》を見《み》せていただくわけにはいきませんか？」

と言《い》った。すると、

「わたしには形《かたち》がないので、お見《み》せするわけにはいきません」

と、声《こえ》がした。

「そうですか。それでは、みどりちゃんを戻《もど》していただいてありがとうございました。わたしたちでは、どうやっても見《み》つけることができませんでした」

「いいえ、お礼《れい》を言《い》われるほどのことではありません。それでは、これで失礼《しつれい》します」

「さようなら」

有季《ゆうき》は壁《かべ》に向《む》かって頭《あたま》を下《さ》げた。すると真之介《しんのすけ》も、

「わざわざ来《き》てもらってありがとう。さようなら」

と、手《て》を振《ふ》った。

「あれが幽霊《ゆうれい》なの？」

有季《ゆうき》は真之介《しんのすけ》にきいた。

「そうだ」

「もう行《い》っちゃったの？」

「行《い》ったか行《い》ってないかわからない」

「じゃ、わたしたちも帰《かえ》るわ。どうもありがとう」

そう言《い》って、真之介《しんのすけ》の家《いえ》を後《あと》にした。

「うちに寄《よ》っていかない？」

有季《ゆうき》が言《い》うと、貢《みつぐ》は、

「そうだな、寄《よ》っていこうか」

と言《い》って、ついて来《き》た。

有季《ゆうき》は貢《みつぐ》を自分《じぶん》の部屋《へや》に案内《あんない》すると、

「あの幽霊《ゆうれい》、本物《ほんもの》とは思《おも》えない」

と、貢《みつぐ》に言《い》った。

「そんなこと言《い》っちゃっていいのか？」

「だって、姿《すがた》も見《み》せないで声《こえ》だけなんておかしいよ。あれは真《しん》のトリックじゃない？　真《しん》はそれくらいのいたずらはするからね」

有季《ゆうき》が言《い》うと、

「おれはそうは思《おも》わない。あの声《こえ》はたしかに幽霊《ゆうれい》だよ」

と、貢《みつぐ》が言《い》った。

「そうかなあ。わたしにはどうも信《しん》じられない」

その夜《よる》、貢《みつぐ》が家《いえ》に帰《かえ》ると、真之介《しんのすけ》から電話《でんわ》がかかってきた。

「有季《ゆうき》はなんて言《い》ってた？」

「どうもあのおばけは怪《あや》しいと言《い》ってたよ」

「そうだろう。あいつならそう言《い》うと思《おも》った」

真之介《しんのすけ》は笑《わら》いながら電話《でんわ》を切《き》った。


有季《ゆうき》はずっと幽霊《ゆうれい》のことを考《かんが》えていた。

真之介《しんのすけ》のトリックだという気《き》がする一方《いっぽう》、みどりが真之介《しんのすけ》の予言通《よげんどお》りに帰《かえ》ってきたことを考《かんが》えると、幽霊《ゆうれい》ではないと断定《だんてい》もできなかった。

考《かんが》えていると、頭《あたま》が混乱《こんらん》してきた。すると、急《きゅう》に菊地英治《きくちえいじ》のことが頭《あたま》にうかんできた。

英治《えいじ》ならなんと言《い》うか聞《き》きたくなったので、電話《でんわ》してみることにした。

電話《でんわ》をするとすぐに英治《えいじ》が出《で》た。

「もしもし有季《ゆうき》です。夜分電話《やぶんでんわ》してすみませんが、ちょっとおききしたいことがあるんです」

「そうか。何《なに》がききたいんだ」

「菊地《きくち》さんって幽霊《ゆうれい》を信《しん》じますか？」

「幽霊《ゆうれい》を見《み》たことはないが、いると思《おも》うよ」

「なぜですか？」

「だって、いた方《ほう》がおもしろいじゃないか」

いかにも英治《えいじ》らしい答《こた》えだ。

「おもしろいってどういうことですか？」

「幽霊《ゆうれい》のいない世界《せかい》を考《かんが》えてみろよ。つまんないぜ」

「そんな理由《りゆう》からですか？」

有季《ゆうき》はがっかりした。

「やけに軽蔑《けいべつ》したような声《こえ》を出《だ》すじゃないか」

「菊地《きくち》さんがそんなことを言《い》うとは思《おも》ってなかったからです」

「じゃ、きみが幽霊《ゆうれい》を信《しん》じない理由《りゆう》は何《なん》だ？」

「科学《かがく》で証明《しょうめい》できないからです」

「それじゃ、世《よ》の中《なか》のことはすべて科学《かがく》で証明《しょうめい》できるのか？」

「そうは思《おも》いませんけど……」

「幽霊《ゆうれい》は見《み》えないからいないと思《おも》うのか」

「ええ、そうです」

「実際《じっさい》に起《お》こったことでも、科学《かがく》で証明《しょうめい》できない現象《げんしょう》があったら、どう解釈《かいしゃく》する？」

「それは……」

有季《ゆうき》は答《こた》えに困《こま》って黙《だま》ってしまった。

「世《よ》の中《なか》には科学《かがく》で証明《しょうめい》できない不思議《ふしぎ》な現象《げんしょう》はいくらでもある」

そう言《い》われてみれば、みどりの場合《ばあい》もそうだ。

突然《とつぜん》消《き》えて、突然《とつぜん》あらわれるなんて、理屈《りくつ》では説明《せつめい》できない。

「ええ、そういうことがあるのはわたしも承知《しょうち》しています」

有季《ゆうき》は不承不承《ふしょうぶしょう》言《い》った。

「それが幽霊《ゆうれい》の仕業《しわざ》だよ。これで、きみも幽霊《ゆうれい》がいることを信《しん》じたろう」

「はい、ありがとうございました」

有季《ゆうき》は電話《でんわ》を切《き》った。

なんだか英治《えいじ》に言《い》いくるめられたような気《き》がした。

2

有季《ゆうき》はみどりに会《あ》ってみようと思《おも》った。

哲也《てつや》にお願《ねが》いして、有季《ゆうき》がみどりに会《あ》うのは初《はじ》めてなので、みどりが緊張《きんちょう》しないように美沙《みさ》の家《いえ》で、みどりと会《あ》うことにした。

初《はじ》めて会《あ》うみどりは、美沙《みさ》がいるせいか、有季《ゆうき》に気《き》をつかう様子《ようす》はなかった。

「みどりちゃん、あなたを連《つ》れていったのはマサミさんでしょう？」

「そう。お兄《にい》ちゃんが家《うち》にいるからおいで、って言《い》われてついていったの」

「そうしたら、途中《とちゅう》で消《き》えちゃったってマサミさんが言《い》ってるけど、どこに行《い》ったの？」

「全然《ぜんぜん》おぼえていない。気《き》がついたら家《いえ》にいたの」

「みどりちゃんがいなくなってから五日《いつか》経《た》ったんだけど、その間《あいだ》のことはおぼえていないのね」

「うん」

「不思議《ふしぎ》ね。どこにいたのかしら？」

有季《ゆうき》は美沙《みさ》に言《い》った。

「みどりちゃんを助《たす》けることができるのは、広樹《ひろき》くんくらいしかいないと思《おも》うんだけど、広樹《ひろき》くんはもういなかったから」

美沙《みさ》が言《い》った。

「それじゃ、みどりちゃんを助《たす》けたのはだれだと思《おも》う？」

「わたし、広樹《ひろき》くんに何度《なんど》も助《たす》けられてて。それに哲也《てつや》くんも。だから、広樹《ひろき》くんがどこからかあらわれて、みどりちゃんを助《たす》けた気《き》がするの」

「あなたは、広樹《ひろき》くんのことをどう思《おも》ってる？」

有季《ゆうき》が美沙《みさ》にきいた。

「わたし、彼《かれ》のこと、人間《にんげん》とは思《おも》えないの……」

「じゃ、幽霊《ゆうれい》？」

「そうとも思《おも》わない」

美沙《みさ》ははっきりと言《い》った。

「そうよね。幽霊《ゆうれい》は姿《すがた》がないんだからね」

「広樹《ひろき》くん、どこへ行《い》ったのかしら」

「でも、急《きゅう》にいなくなったんでしょう？」

「いなくなるなら理由《りゆう》くらい言《い》ってくれてもいいと思《おも》うんだけど……」

美沙《みさ》はまだ広樹《ひろき》のことを思《おも》っているようだ。

「まだ、近《ちか》くにいるような気《き》がするの」

「あなたとは友《とも》だちだったんでしょ？　それなら、なぜ何《なに》も言《い》ってこないの？」

「広樹《ひろき》くん、何《なに》かに取《と》り憑《つ》かれていたのかも」

広樹《ひろき》は幽霊《ゆうれい》が背後霊《はいごれい》として取《と》り憑《つ》いた姿《すがた》だったのかもしれない。

美沙《みさ》の言葉《ことば》を聞《き》いて、有季《ゆうき》はふっとそんな気《き》がした。

真之介《しんのすけ》の家《いえ》では声《こえ》だけしか聞《き》こえなかったけれど、あれは広樹《ひろき》に取《と》り憑《つ》いていた霊《れい》だったのかもしれない。それなら広樹《ひろき》もどこかにいるはずだ。

そこまで考《かんが》えて、わたしとしたことがどうかしている、と自分《じぶん》の頭《あたま》をたたいた。

みどりに会《あ》って得《え》た収穫《しゅうかく》は、美沙《みさ》が今《いま》も広樹《ひろき》のことを思《おも》っているということくらいか。

これでは貢《みつぐ》にも話《はな》せない。

有季《ゆうき》が『フィレンツェ』に戻《もど》ると、真之介《しんのすけ》がやってきた。

「みどりさんに会《あ》ったらしいな」

「だれに聞《き》いたの?」

「哲也《てつや》だよ。それで収穫《しゅうかく》はあったか?」

「美沙《みさ》さんが、今《いま》も広樹《ひろき》くんのことを思《おも》っていることくらいかしら」

「ということは、彼女《かのじょ》が幽霊《ゆうれい》を信《しん》じているってことだ」

「彼女《かのじょ》は広樹《ひろき》くんを幽霊《ゆうれい》とは思《おも》ってないようよ」

「しかし、人間《にんげん》とも思《おも》ってないだろう」

「彼《かれ》は人間《にんげん》よ。だから、どこかにいるから出《で》てくるはず」

「そうとは限《かぎ》らない。もう死《し》んでいるかもしれない」

「それじゃ、学校《がっこう》にあらわれた広樹《ひろき》はだれなんだ?」

貢《みつぐ》がきいた。

「もちろん人間《にんげん》さ」

真之介《しんのすけ》が言《い》った。

「広樹《ひろき》のやったことは人間《にんげん》ではできないよ」

「広樹《ひろき》には背後霊《はいごれい》がついているんだ」

「それはだれかの幽霊《ゆうれい》ってこと?」

「ぼくは広樹《ひろき》の背後霊《はいごれい》を知《し》っている」

真之介《しんのすけ》が言《い》った。

「うっそお。だれなの?」

「自殺《じさつ》した須藤《すどう》の霊《れい》だ。彼《かれ》は広樹《ひろき》に自殺《じさつ》を思《おも》いとどまらせた後《あと》、背後霊《はいごれい》となって、広樹《ひろき》に取《と》り憑《つ》いたんだ」

有季《ゆうき》は真之介《しんのすけ》の顔《かお》を見《み》つめたが、真之介《しんのすけ》がうそをついているとは思《おも》えなかった。

「じゃ、みどりちゃんを哲也《てつや》くんの家《いえ》に連《つ》れていったのは? 真《しん》でしょう?」

「ぼくではない。幽霊《ゆうれい》が連《つ》れていったんだ。だから、彼女《かのじょ》は気《き》がついたら家《いえ》にいたんだ。ぼくはそれを後《あと》で須藤《すどう》の霊《れい》から聞《き》いただけだ」

電話《でんわ》が鳴《な》った。貢《みつぐ》が取《と》って、

「校長先生《こうちょうせんせい》ですか？　今代《いまか》わります」

と言《い》ってから、

「東部中学校《とうぶちゅうがっこう》の校長先生《こうちょうせんせい》からだ」

と、受話器《じゅわき》を有季《ゆうき》に渡《わた》した。

「もしもし、代《か》わりました。有季《ゆうき》です」

「東部中学校《とうぶちゅうがっこう》の真辺《まなべ》だが、困《こま》ったことが起《お》きた。頼《たの》みたいことがあるのだが、きみはまだ事務所《じむしょ》にいるか？」

「はい」

「では、今《いま》からそこに行《い》くから待《ま》っていてくれないか」

「はい。待《ま》っています」

有季《ゆうき》は電話《でんわ》を切《き》った。

「また事件《じけん》らしいよ。校長先生《こうちょうせんせい》、かなりうろたえていた。何《なに》が起《お》きたんだろう」

有季《ゆうき》が不安《ふあん》そうな目《め》で真之介《しんのすけ》を見《み》た。

3

それから十五分後《ふんご》、東部中学校《とうぶちゅうがっこう》の校長《こうちょう》、真辺傑《まなべすぐる》がやってきた。

真辺《まなべ》は有季《ゆうき》の顔《かお》を見《み》るなり、

「しばらくだった」

と言《い》った。

久《ひさ》しぶりに見《み》る真辺《まなべ》は、かなりやつれていた。

「何《なに》が起《お》きたんですか?」

「脅迫《きょうはく》だよ。私《わたし》の机《つくえ》の上《うえ》に脅迫状《きょうはくじょう》が置《お》いてあった。これがそうだ」

真辺《まなべ》はポケットから封筒《ふうとう》を出《だ》して、それを有季《ゆうき》にわたした。

有季《ゆうき》は封筒《ふうとう》から一枚《まい》の紙《かみ》を取《と》りだした。

> 東部中学校炎上《とうぶちゅうがっこうえんじょう》
> きたる十日《とおか》の文化祭《ぶんかさい》を中止《ちゅうし》しないと東部中学校《とうぶちゅうがっこう》は炎上《えんじょう》し、教師《きょうし》が数人《すうにん》死《し》ぬ。
> これは冗談《じょうだん》ではない。以上《いじょう》、予告《よこく》する。
>
> M《エム》より

「差出人《さしだしにん》のM《エム》をご存知《ぞんじ》ですか？」

有季《ゆうき》がきいた。

「いや、心当《こころあ》たりはない」

「文化祭《ぶんかさい》は中止《ちゅうし》するつもりですか？」

「中止《ちゅうし》すれば問題《もんだい》になる。だからきみのところに相談《そうだん》に来《き》たのだ」

「それは買《か》いかぶりですよ」

有季《ゆうき》が言《い》った。

「突《つ》きはなさないでくれ。私《わたし》は必死《ひっし》なんだよ」

「それはわかります。しかし……」

「ここまで言《い》われて尻《しり》ごみするのか。有季《ゆうき》らしくないぞ」

真之介《しんのすけ》が首《くび》をかしげた。

「なによ、他人事《ひとごと》みたいに。無責任《むせきにん》なこと言《い》わないでよ」

「他人事《ひとごと》だなんて思《おも》ってやしないさ」

いつもの調子《ちょうし》だ。

「本当《ほんとう》？　じゃ、どうやって解決《かいけつ》するつもり？」

「須藤《すどう》の霊《れい》に助《たす》けてもらえばいい。ぼくが頼《たの》めば、彼《かれ》はいやとは言《い》わない」

真之介《しんのすけ》は本当《ほんとう》に須藤《すどう》の霊《れい》と連絡《れんらく》がとれるのか？　それならだいじょうぶなような気《き》がする。

「校長先生《こうちょうせんせい》、お引《ひ》き受《う》けします」

貢《みつぐ》が言《い》った。

「そうか、ありがとう」

「校長先生《こうちょうせんせい》、この脅迫状《きょうはくじょう》は悪霊《あくりょう》が出《だ》したものです」

真之介《しんのすけ》が言《い》った。

「悪霊《あくりょう》だって？」

真辺《まなべ》は信《しん》じられないようだ。

「くわしいことは言《い》えませんが、これは悪霊《あくりょう》の仕業《しわざ》です」

「急《きゅう》に悪霊《あくりょう》なんて言《い》われても、信《しん》じられんよ……」

真辺《まなべ》は首《くび》をひねったが、

「信《しん》じてください」

真之介《しんのすけ》がはっきりと言《い》った。

「そんなこと言《い》っちゃっていいの？」

有季《ゆうき》が真之介《しんのすけ》の顔《かお》を見《み》ると、「そんなに心配《しんぱい》か？」と、にっこり笑《わら》った。

「心配《しんぱい》よ。だって……」

有季《ゆうき》が言《い》いかけたのをさえぎって、

「校長先生《こうちょうせんせい》、おたくの学校《がっこう》には何人《なんにん》の先生《せんせい》がいます？」

と、真之介《しんのすけ》が真辺《まなべ》にきいた。

「三十人《にん》ほどだが……」

「その中《なか》の何人《なんにん》かが死《し》ぬと予告《よこく》しているのですか？」

「そうだ。一人《ひとり》だって死《し》ぬようなことがあったら、私《わたし》は生《い》きておれん」

「東部中炎上《とうぶちゅうえんじょう》というのは、学校《がっこう》に火《ひ》をつけるということでしょう。しかし、いつとは言《い》っていませんね」

「文化祭《ぶんかさい》の前《まえ》に学校《がっこう》を燃《も》やしたら、文化祭《ぶんかさい》なんてできっこないわ。ということは、一日《いちにち》でも早《はや》く文化祭《ぶんかさい》の中《ちゅう》止《し》を発表《はっぴょう》しろということね」

有季《ゆうき》は真之介《しんのすけ》の顔《かお》を見《み》た。

「そんなことをする必要《ひつよう》はない。須藤《すどう》の霊《れい》に頼《たの》めば、その日《ひ》は教《おし》えてくれる」

「それでは文化祭中止《ぶんかさいちゅうし》の発表《はっぴょう》はしなくていいのだね？」

真辺《まなべ》がほっとした顔《かお》になった。

「いいです」

真之介《しんのすけ》は確信《かくしん》のある声《こえ》で言《い》った。

「助《たす》かった。やはり2A探偵局《ツーエーたんていきょく》だ」

真辺《まなべ》はそう言《い》うと、満足《まんぞく》そうに帰《かえ》っていった。

「あんなこと言《い》っちゃって、本当《ほんとう》にだいじょうぶなの？」

有季《ゆうき》が不安《ふあん》そうに言《い》うと、

「だいじょうぶだ。須藤《すどう》の霊《れい》にその日《ひ》を教《おし》えてもらったら、教師《きょうし》を動員《どういん》して学校《がっこう》を守《まも》ればいい」

真之介《しんのすけ》は自信《じしん》ありげに言《い》った。

4

その次《つぎ》の日《ひ》、有季《ゆうき》が学校《がっこう》から帰《かえ》ると、真之介《しんのすけ》から電話《でんわ》がかかってきた。

「わかったぞ」

真之介《しんのすけ》がいきなり言《い》ったので、有季《ゆうき》は、

「何《なに》がわかったの？」

と、ついきいてしまった。

「決《き》まってるじゃないか。火《ひ》をつける日《ひ》だよ」

「あ、そうか。いつ？」

「七日《なのか》の午前零時《ごぜんれいじ》、場所《ばしょ》は校長室《こうちょうしつ》。火《ひ》をつける人間《にんげん》は教師《きょうし》のようだが名前《なまえ》はまだわからない。だから、ぼくが昨日《きのう》言《い》ったように、教師《きょうし》を総動員《そうどういん》するのはまずい。それだけは校長先生《こうちょうせんせい》に伝《つた》えてほしい」

「ありがとう」

有季《ゆうき》はさっそく真辺《まなべ》に電話《でんわ》した。

「わかりましたよ。放火《ほうか》の日《ひ》が」

「そうか。わかったか」

「七日《なのか》の午前零時《ごぜんれいじ》。場所《ばしょ》は校長室《こうちょうしつ》です」

「ええっ、この部屋《へや》か？」

「そうです。犯人《はんにん》は東部中学《とうぶちゅうがく》の教師《きょうし》だそうですが、名前《なまえ》はまだわかりません」

「それは本当《ほんとう》か？」

「ええ。ですから、その夜《よる》はわたしの方《ほう》で人《ひと》を集《あつ》めますので、先生《せんせい》たちには言《い》わないでください」

「うーん」

真辺《まなべ》はよほどショックを受《う》けたのだろう。動物《どうぶつ》のようにうなった。

「ということで、文化祭《ぶんかさい》の中止《ちゅうし》は発表《はっぴょう》しなくて結構《けっこう》です」

有季《ゆうき》はそれだけ話《はな》して切《き》ると、英治《えいじ》に電話《でんわ》した。

「もしもし有季《ゆうき》です。お願《ねが》いがあって電話《でんわ》しました」

有季《ゆうき》は、七日《なのか》に起《お》こるという事件《じけん》の内容《ないよう》を英治《えいじ》に話《はな》した。

「学校《がっこう》の放火《ほうか》の犯人《はんにん》が、教師《きょうし》というのがおもしろいな」

「校長先生《こうちょうせんせい》にしたら、おもしろいどころではありません。教師《きょうし》のだれを信用《しんよう》したらいいのかわからないので、頭《あたま》を抱《かか》えています」

「それで、お願《ねが》いというのはなんだ？」

「教師《きょうし》を動員《どういん》して放火《ほうか》を防《ふせ》ぐことができなくなってしまったので、力《ちから》を貸《か》してほしいんです」

「よし、わかった。七日《なのか》は何人《なんにん》か連《つ》れていってやる」

英治《えいじ》が言《い》った。

「よろしくお願《ねが》いします。わたしはこれから『フィレンツェ』に出《で》かけますので、もし何《なに》かあったら、そちらにご連絡《れんらく》ください」

有季《ゆうき》はそう言《い》って電話《でんわ》を切《き》ると、家《いえ》を出《で》た。

『フィレンツェ』に着《つ》くと、心配《しんぱい》になったのか、真辺《まなべ》が来《き》ていて貢《みつぐ》と話《はな》していた。

「学校放火《がっこうほうか》の犯人《はんにん》は教師《きょうし》だって」

貢《みつぐ》が言《い》った。

「知《し》ってる。真《しん》から聞《き》いたわ」

「あまり評判《ひょうばん》の良《よ》くない学校《がっこう》だから、恨《うら》みをもっていそうな教師《きょうし》ならいくらでもいる。犯人《はんにん》を見《み》つけるのは難《むずか》しいと、いま貢《みつぐ》くんから言《い》われたところだ」

真辺《まなべ》は有季《ゆうき》の顔《かお》を見《み》た。

「たしかにそうね」

「じゃ、どうやって見《み》つけたらいいいんだ？」

真辺《まなべ》に言《い》われた有季《ゆうき》は、

「教師《きょうし》って一見《いっけん》みんなまじめそうだから、外見《がいけん》だけじゃ、わからないんです」

と言《い》った。

「それをなんとかして見《み》つけてもらいたいと思《おも》って、きみたちに頼《たの》んでいるんだ」

真辺《まなべ》は低姿勢《ていしせい》で有季《ゆうき》に頼《たの》みこんだ。

「そう言《い》われちゃ、いやとは言《い》えないぜ」

貢《みつぐ》は有季《ゆうき》に言《い》った。

「校長先生《こうちょうせんせい》、少《すこ》し時間《じかん》をください」

「時間《じかん》といっても、あと六日《むいか》しかない」

「ええ、それはわかっています。それまでに犯人《はんにん》を見《み》つけます」

「きみがそう言《い》ってくれて助《たす》かった。それでは頼《たの》む」

真辺《まなべ》は明《あか》るい顔《かお》になって帰《かえ》っていった。

「あんなこと言《い》って、よろこばせていいのかよ」

「きっといい案《あん》が浮《う》かぶわよ」

「やけに楽観的《らっかんてき》だけど、だいじょうぶか？」

「それより、なんだかお腹《なか》が空《す》いちゃった。何《なに》かおいしいもの作《つく》ってよ」

「じゃ、オムライスでいいか？」

「オムライス大好《だいす》き。アッシーも大好《だいす》き」

「調子《ちょうし》のいいこと言《い》うな」

そう言《い》いながら、貢《みつぐ》は厨房《ちゅうぼう》に入《はい》った。

5

有季《ゆうき》からの電話《でんわ》を受《う》けた英治《えいじ》は、まず相原《あいはら》に相談《そうだん》した。

「七日《なのか》に行《い》くのはいいけど、教師《きょうし》の中《なか》から犯人《はんにん》を見《み》つけるなんて難《むずか》しいぞ」

「それはわかってるけど、見《み》つけられなかったら学校《がっこう》が燃《も》えちゃうんだ」

「うーん。おれが思《おも》うには、そいつは派手《はで》な教師《きょうし》ではないな。いつもは目立《めだ》たないやつが怪《あや》しい」

相原《あいはら》は英治《えいじ》の言《い》うことをみなまで聞《き》かずに言《い》った。

「目立《めだ》たない教師《きょうし》なんていくらでもいるぜ」

「生徒《せいと》たちに探《さが》してもらうのがいい」

「そうか。さっそく有季《ゆうき》に電話《でんわ》しよう」

英治《えいじ》は相原《あいはら》との電話《でんわ》を切《き》ると、有季《ゆうき》に電話《でんわ》した。

「もしもし、菊地《きくち》だ。怪《あや》しいのは、目立《めだ》たない教師《きょうし》だ。そいつを探《さが》すんなら、生徒《せいと》に頼《たの》むのがいい。これは相原《あいはら》の意見《いけん》だ」

「東部中学《とうぶちゅうがく》なら、わたしも知《し》っている子《こ》が何人《なんにん》もいます」

「それじゃ、さっそく頼《たの》んでみろ」

英治《えいじ》に言《い》われて、有季《ゆうき》は美沙《みさ》に電話《でんわ》した。

「もしもし、有季《ゆうき》だけど。あなたの学校《がっこう》の先生《せんせい》で、あまり目立《めだ》たない人《ひと》知《し》らない？」

「目立《めだ》たない先生《せんせい》か。いっぱいいすぎて、ちょっと選《えら》べないよ」

「あなたのクラスの担任《たんにん》はどう？」

「うちのクラスの担任《たんにん》はやる気《き》がないの。だからワルがはびこるんだ」

それはちょっと違《ちが》うと有季《ゆうき》は思《おも》った。

「女《おんな》の先生《せんせい》の方《ほう》が目立《めだ》たない人《ひと》、多《おお》いでしょう？」

「そうとは限《かぎ》らないよ。でも、目立《めだ》たない先生《せんせい》は生徒《せいと》にばかにされるから、そういうクラスを探《さが》せばいいと思《おも》う」

聞《き》いたとたん、そうかと有季《ゆうき》は思《おも》った。

そこで有季《ゆうき》は真辺《まなべ》に電話《でんわ》した。

「校長先生《こうちょうせんせい》。おたくの学校《がっこう》で、生徒《せいと》たちが騒《さわ》いで困《こま》っているクラスを調《しら》べてください」

「それならすぐわかるが、それがどうかしたのか？」

「ええ、そのクラスの先生《せんせい》が怪《あや》しいです」

「そうか。それじゃ、後《あと》で電話《でんわ》する」

電話《でんわ》を切《き》った有季《ゆうき》は英治《えいじ》に電話《でんわ》した。

「もしもし、有季《ゆうき》です。生徒《せいと》にきいたら、おとなしい先生《せんせい》のクラスは生徒《せいと》が騒《さわ》ぐと聞《き》いたので、校長先《こうちょうせん》生《せい》に電話《でんわ》して調《しら》べてもらうことにしました」

「さすがは有季《ゆうき》だ。いいところに目《め》をつけた」

「これはわたしというより、生徒《せいと》が教《おし》えてくれたんです。生徒《せいと》にきけと言《い》ったのは菊地《きくち》さんですよ」

「それはおれじゃない、相原《あいはら》だ。すると、校長《こうちょう》の返事《へんじ》待《ま》ちか」

「何《なに》か言《い》ってきたらすぐ電話《でんわ》します」

「うん、待《ま》ってる」

英治《えいじ》が電話《でんわ》の内容《ないよう》を一緒《いっしょ》にいる相原《あいはら》に話《はな》すと、

「有季《ゆうき》はなかなかやるな。騒《さわ》がしいクラスとまでは考《かんが》えつかなかった」

と、相原《あいはら》が感心《かんしん》した。

有季《ゆうき》からの電話《でんわ》はそれから十分《ぶん》ほどしてかかってきた。

「騒《さわ》がしいクラスは四つあるそうです。どれも担任《たんにん》の先生《せんせい》がおとなしくて、教頭先生《きょうとうせんせい》が、代《か》わって何度《なんど》も注意《ちゅうい》しているそうです」

「そうか。犯人《はんにん》はその四人《にん》の中《なか》にいるような気《き》がするな」

「だが、問題《もんだい》はどうやって、そこから犯人《はんにん》の先生《せんせい》をしぼりこむかだ。まだまだ大変《たいへん》だぞ」

相原《あいはら》は頭《あたま》を振《ふ》った。

「放火犯《ほうかはん》の件《けん》だが……」

真之介《しんのすけ》から有季《ゆうき》に電話《でんわ》がかかってきた。

「わかったの?」

「いや、まだだ」

「わたしはわかったわ。怪《あや》しい人《ひと》が四人《にん》いるから、その中《なか》のだれか困《こま》っているところ」

有季《ゆうき》が言《い》うと、

「そうか。それなら、その四人《にん》の教師《きょうし》の名前《なまえ》を教《おし》えてくれ」

真之介《しんのすけ》が言《い》った。

「名前《なまえ》を言《い》えばわかるの？」

「いいから教《おし》えるんだ」

「じゃ、言《い》うわ。酒井八重《さかいいやえ》、吉川満《よしかわみつる》、古谷久幸《ふるやひさゆき》、松野譲《まつのじょう》。四人《にん》ともおとなしくて生徒《せいと》になめられているので、クラスが無法状態《むほうじょうたい》なの。この教師《きょうし》たちは、教頭先生《きょうとうせんせい》から注意《ちゅうい》されているんだけど、改善《かいぜん》しないから、学校《がっこう》でも困《こま》っているらしいわ」

「ありがとう。それだけわかればいい。明日《あした》の朝《あさ》に犯人《はんにん》の教師《きょうし》の名前《なまえ》を電話《でんわ》する」

「そんなに早《はや》くわかるの？」

「わかる」

真之介《しんのすけ》との電話《でんわ》を切《き》ると、有季《ゆうき》は英治《えいじ》に電話《でんわ》した。

「犯人《はんにん》の件《けん》ですが、明日《あした》の朝《あさ》にわかりますので電話《でんわ》します」

「そんなに早《はや》く？」

「真《しん》が調《しら》べてくれるそうです」

「真《しん》が？　どうしてわかるんだ？」

「きっと、霊《れい》にきくんだと思《おも》います」

「霊《れい》？」

英治《えいじ》がききかえした。

「わたしは信《しん》じてませんが、その幽霊《ゆうれい》がみどりちゃんを連《つ》れもどしたそうなんです。判断《はんだん》は菊地《きくち》さんにお任《まか》せしますが、わかったら一応《いちおう》お電話《でんわ》します」

有季《ゆうき》はそれだけ言《い》って電話《でんわ》を切《き》った。

英治《えいじ》は電話《でんわ》の内容《ないよう》を相原《あいはら》に話《はな》した。

「幽霊《ゆうれい》か……」

「そうらしい。信《しん》じられるか？」

英治《えいじ》がきくと、

「常識《じょうしき》では信《しん》じられないけど……」

相原《あいはら》はそれきり黙《だま》ってしまった。

6

「真《しん》がまた幽霊《ゆうれい》を持《も》ちだしてきたみたい」

有季《ゆうき》は貢《みつぐ》に言《い》った。

「須藤《すどう》の霊《れい》にきくっていうのか？」

「明日《あした》の朝《あさ》、教《おし》えるって言《い》ったから、今夜《こんや》にでもきくんでしょう」

「有季《ゆうき》はそれを信《しん》じないつもり？」

貢《みつぐ》がじっと有季《ゆうき》の顔《かお》を見《み》た。

「信《しん》じたくはないけど、情報《じょうほう》としては校長先生《こうちょうせんせい》に伝《つた》えるつもりよ」

有季《ゆうき》は腹《はら》を決《き》めた。ただし、幽霊《ゆうれい》がそう言《い》ったとは言《い》わないつもりだった。

「校長先生《こうちょうせんせい》、なんて思《おも》うだろう？」

「幽霊《ゆうれい》なんて言《い》わないわよ」

「じゃ、だれが犯人《はんにん》を教《おし》えてくれたと言《い》うんだ？」

貢《みつぐ》にそう言《い》われると、有季《ゆうき》は返事《へんじ》に困《こま》った。

翌日《よくじつ》の朝《あさ》、真之介《しんのすけ》は六時《じ》に電話《でんわ》してきた。

「犯人《はんにん》の名前《なまえ》がわかったぞ」

「霊《れい》にきいたって言《い》うんでしょう？」

「ああ、そうだ」

「なんて言《い》ったの？」

「放火《ほうか》するのは一年《ねん》二組《くみ》の担任《たんにん》、古谷久幸《ふるやひさゆき》だってさ。よく見《み》はってろ」

「そう。ありがとう」

真之介《しんのすけ》は霊《れい》にきいたと言《い》っているが、出《で》まかせかもしれない。

有季《ゆうき》はどうしても真之介《しんのすけ》が信《しん》じられなかった。しかし、英治《えいじ》には知《し》らせると約束《やくそく》したので、電話《でんわ》することにした。

「朝早《あさはや》くにごめんなさい。犯人《はんにん》の名前《なまえ》がわかりましたのでお伝《つた》えします。名前《なまえ》は古谷久幸《ふるやひさゆき》。一年《ねん》二組《くみ》の担任《たんにん》です。ただし、これは霊《れい》の意見《いけん》です」

「わかった。ありがとう」

「菊地《きくち》さん、信《しん》じますか？」

「変《へん》なこときくな。もちろん信《しん》じる」

「わたしはどうしても信《しん》じられません」

「まあ、その日《ひ》がくればわかるよ」

有季《ゆうき》は、英治《えいじ》が幽霊《ゆうれい》を信《しん》じていることにがっかりした。


その日《ひ》がやってきた。

朝《あさ》、美沙《みさ》に電話《でんわ》すると、

「校長先生《こうちょうせんせい》から、古谷先生《ふるやせんせい》を監視《かんし》しろと言《い》われたの。あの先生《せんせい》、怒《おこ》ったことがないので、わたしは好《す》きなんだけど、何《なに》かあるの？」

と言《い》った。

「学校《がっこう》が放火《ほうか》されるという噂《うわさ》を聞《き》いた？」

「うん、聞《き》いたけど、本当《ほんとう》にだれかが火《ひ》をつけるの？」

「そういう噂《うわさ》があるのはたしかね」

「有季《ゆうき》さんは信《しん》じてる？」

「わたしは半々《はんはん》ね。でも、気《き》をつけるに越《こ》したことはないわ」

有季《ゆうき》は英治《えいじ》のことが気《き》になって電話《でんわ》をかけてみた。

「今日《きょう》、来《き》てくれます？」

「決《き》まってるだろう。夕方《ゆうがた》になったらみんなで中学校《ちゅうがっこう》に行《い》くさ。有季《ゆうき》はいつ行《い》くんだ？」

「六時《じ》になったらアッシーと行《い》きます」

「火事《かじ》になることを想定《そうてい》した服装《ふくそう》で来《こ》いよ」

「わかってます」

「待《ま》ちあわせの場所《ばしょ》はどこにする？」

「裏門《うらもん》が開《あ》けてあるそうだから、そこで待《ま》ってます」

「わかった。じゃあな」

「はい。よろしくお願《ねが》いします」

有季《ゆうき》は、学校《がっこう》から帰《かえ》って五時半《じはん》に家《いえ》を出《で》ると、貢《みつぐ》といっしょに東部中学校《とうぶちゅうがっこう》に向《む》かった。

十五分《ふん》ほどで裏門《うらもん》に着《つ》いたが、英治《えいじ》と相原《あいはら》はすでに来《き》ていた。

「これで全員《ぜんいん》ですか?」

有季《ゆうき》がきいた。

「もうすぐ来《く》るだろう」

有季《ゆうき》が英治《えいじ》たちと雑談《ざつだん》していると、安永《やすなが》と日比野《ひびの》がやってきた。

「それじゃ、中《なか》へ入《はい》ろう」

相原《あいはら》はみんなが集《あつ》まるのを待《ま》って言《い》った。六人《にん》はぞろぞろと校庭《こうてい》に入《はい》った。

「ひとかたまりになっていたら犯人《はんにん》にばれちゃうから、バラバラになろう」

英治《えいじ》が言《い》ったとき、真之介《しんのすけ》がやってきた。

「ちょっと聞《き》いてください。犯人《はんにん》はぼくらの動《うご》きに気《き》づいて、今夜《こんや》はあらわれないそうです」

「どうして? だれかが犯人《はんにん》にチクったのか?」

英治《えいじ》がみんなの顔《かお》を見回《みまわ》した。

「おれはチクってないぜ」

日比野《ひびの》が言《い》うと、みんながそれにつづいた。

「だれもチクってはいません。犯人《はんにん》には悪霊《あくりょう》が憑《つ》いていて、そいつが、ぼくらがここに来《く》ることを教《おし》えたんです」

真之介《しんのすけ》が言《い》った。

「そんなこと、どうしてわかったの？」

有季《ゆうき》がつっこむと、

「霊《れい》が教《おし》えてくれたんだ」

と、真之介《しんのすけ》は平然《へいぜん》と言《い》った。

何《なに》が霊《れい》よ。でたらめじゃない。

有季《ゆうき》はそう言《い》いたいのをやっと我慢《がまん》した。

「犯人《はんにん》に悪霊《あくりょう》が憑《つ》いているとしたら、これからどうしたらいいんだ？」

英治《えいじ》がきいた。

「悪霊《あくりょう》はいつも憑《つ》いているわけではありません。悪霊《あくりょう》が憑《つ》いていない時《とき》は、いたって正常《せいじょう》だから、たちが悪《わる》いんです。だから、ぼくらが直接《ちょくせつ》、悪霊《あくりょう》と戦《たたか》うことはできません。霊《れい》に頼《たの》まないと……」

有季《ゆうき》が真之介《しんのすけ》の言葉《ことば》を上《うわ》の空《そら》で聞《き》いていると、

「それはやっかいだな」

英治《えいじ》が言《い》った。本気《ほんき》なのだろうか。

「今日《きょう》はここにいても仕方《しかた》ありません。帰《かえ》りましょう」

真之介《しんのすけ》はそう言《い》って、帰《かえ》っていった。

7

「アッシー、真《しん》の言葉《ことば》、信《しん》じた？」

「もちろん信《しん》じたさ。古谷先生《ふるやせんせい》には悪霊《あくりょう》が憑《つ》いているんだ」

「わたしは信《しん》じない。もともと悪霊《あくりょう》が学校《がっこう》に放火《ほうか》するなんて、でたらめだったのよ。みんなを騒《さわ》がせて。いたずらにしてはやり過《す》ぎよ」

「真《しん》はこんないたずらはしないよ。たしかに古谷先生《ふるやせんせい》には悪霊《あくりょう》が憑《つ》いているんだ」

「その証拠《しょうこ》はあるの？」

「証拠《しょうこ》？　相手《あいて》は霊《れい》だぜ。信《しん》じるしかないよ」

「悪霊《あくりょう》でも信《しん》じるの？」

「信《しん》じるさ」

「わたしはどうしても信《しん》じられない」

「信《しん》じられなけりゃ、自分《じぶん》で犯人《はんにん》を捜《さが》すしかないぜ」

「もともと放火事件《ほうかじけん》なんてなかったのよ」

「それじゃ、校長先生《こうちょうせんせい》のところに来《き》た脅迫状《きょうはくじょう》はどう説明《せつめい》するんだ？」

「あれも真《しん》かだれかのいたずらでしょ」

有季《ゆうき》は英治《えいじ》に向《む》かって言《い》った。すると英治《えいじ》が、

「あの先生《せんせい》に悪霊《あくりょう》が憑《つ》いているという話《はなし》、おれは信《しん》じるな」

と言《い》った。

「それじゃ、信《しん》じないのはわたしだけ？」

有季《ゆうき》が貢《みつぐ》の顔《かお》を見《み》た。

「そうだよ。だから信《しん》じられなければ自分《じぶん》で捜《さが》せって言《い》ったんだ」

「いいわよ。わたしはきっと捜《さが》してみせる」

「そんなこと言《い》って、つっぱってると、悪霊《あくりょう》にやられるぞ」

貢《みつぐ》が憎《にく》まれ口《ぐち》をたたいた。

その夜《よる》、古谷《ふるや》はとうとうあらわれず、放火《ほうか》もなかったので、翌日《よくじつ》、校長《こうちょう》の真辺《まなべ》が『フィレンツェ』に挨拶《あいさつ》にやってきた。

「お騒《さわ》がせしてすまなかった」

「校長先生《こうちょうせんせい》。あれで終《お》わったわけではありません。また必《かなら》ずやってきます。用心《ようじん》したほうがいいです」

貢《みつぐ》が忠告《ちゅうこく》した。

「用心《ようじん》ってどうしたらいいんだ？」

「とりあえずは、古谷先生《ふるやせんせい》の動《うご》きを監視《かんし》することですね。あの先生《せんせい》には悪霊《あくりょう》が憑《つ》いているそうですから」

貢《みつぐ》は思《おも》っていることを話《はな》した。


そのころ、有季《ゆうき》は美沙《みさ》の案内《あんない》で、古谷《ふるや》の自宅《じたく》のワンルームマンションを訪問《ほうもん》していた。

その日《ひ》、古谷《ふるや》は学校《がっこう》を休《やす》んでいたので、ドアホーンを押《お》すと、すぐに顔《かお》を出《だ》した。

二人《ふたり》の顔《かお》を見《み》ると、戸惑《とまど》ったようで、「何《なに》しに来《き》たんだ?」と、二人《ふたり》にきいた。

「どんな具合《ぐあい》なのかと心配《しんぱい》になって来《き》ました」

美沙《みさ》が言《い》うと、

「この子《こ》はだれ?」

古谷《ふるや》は有季《ゆうき》を見《み》て言《い》った。

「わたしの友《とも》だちです」

「そうか。では中《なか》に入《はい》りなさい」

古谷《ふるや》がドアを開《あ》けてくれたので、二人《ふたり》は部屋《へや》に入《はい》った。

「ここは座《すわ》るところがないので、きみたちはベッドに腰《こし》かけなさい」

と言《い》って、自分《じぶん》は机《つくえ》の前《まえ》の椅子《いす》に座《すわ》った。

「先生《せんせい》、どうして今日《きょう》休《やす》んだんですか?」

美沙《みさ》がさっそくきくと、古谷《ふるや》は、

「今朝《けさ》、どうしても起《お》きられなかったんだ」

と言《い》った。

「どこか具合《ぐあい》でも悪《わる》かったんですか？」

「昨晩《さくばん》、急《きゅう》に頭《あたま》ががんがんと痛《いた》くなったんだ。そんなことは今《いま》まで一度《ど》もなかった」

「不思議《ふしぎ》ですね」

美沙《みさ》が言《い》うと、

「そうなんだ。自分《じぶん》でもどうしてかわからない」

古谷《ふるや》は首《くび》を振《ふ》った。

「今《いま》はどうですか？」

美沙《みさ》がきいた。

「まだ少《すこ》し頭《あたま》が痛《いた》い」

古谷《ふるや》は顔《かお》をしかめた。

どうして急《きゅう》に頭《あたま》が痛《いた》くなったのだろう。もしかしたら悪霊《あくりょう》のせいかもしれない。

有季《ゆうき》は違《ちが》う、違《ちが》うと頭《あたま》を振《ふ》った。

「まだきくことある？」

美沙《みさ》が言《い》ったので、

「先生《せんせい》はよく頭《あたま》が痛《いた》くなったりするんですか？」

と、有季《ゆうき》が古谷《ふるや》にきいた。

「いままで、頭痛《ずつう》になったことはほとんどない。でも、どうしてそんなことをきくんだ？」

「いいえ、ちょっと」

有季《ゆうき》は言葉《ことば》を濁《にご》してから、

「校長先生《こうちょうせんせい》のことは好《す》きですか？」

ときいた。

「それが最近《さいきん》、わたしを見《み》る態度《たいど》がおかしいんだ」

「どうおかしいんですか？」

「なんだか警戒《けいかい》しているようなんだ」

「それは気《き》のせいでしょう。気《き》にしないほうがいいですよ」

「そうだね」

古谷《ふるや》がうなずいたので、

「それでは帰《かえ》ります」

美沙《みさ》が言《い》うと、

「もう帰《かえ》るのか。わざわざ見舞《みま》いに来《き》てくれてありがとう」

「では、これで失礼《しつれい》します。お大事《だいじ》にしてください」

二人《ふたり》は古谷《ふるや》のマンションを出《で》た。

「普段《ふだん》からあんな調子《ちょうし》でやさしいんだけど、何《なに》かわかった?」

美沙《みさ》がきいた。

「あの頭痛《ずつう》はおかしいわね。何《なに》が原因《げんいん》かしら」

「もしかして、悪霊《あくりょう》のせいじゃない?」

「悪霊《あくりょう》なんて考《かんが》えない方《ほう》がいいと思《おも》うな」

美沙《みさ》だけは霊《れい》を信《しん》じないでほしいと有季《ゆうき》は思《おも》った。

「でも、みんなは古谷先生《ふるやせんせい》に悪霊《あくりょう》が憑《つ》いたって言《い》ってるんでしょ?」

「みんなのほうが間違《まちが》ってる。悪霊《あくりょう》なんているはずがない。わたしはそう思《おも》ってる」

そうは言《い》ったものの、美沙《みさ》は悪霊《あくりょう》のせいだと思《おも》っている。

みんな、悪霊《あくりょう》を信《しん》じている。信《しん》じていないのはわたしだけ。

どうしたらいいんだろうと有季《ゆうき》は思《おも》った。

五章《しょう》　おりの中《なか》の校長《こうちょう》

1

有季《ゆうき》が古谷《ふるや》を訪問《ほうもん》した翌日《よくじつ》、真之介《しんのすけ》から電話《でんわ》がかかってきた。

「今日《きょう》、古谷《ふるや》が何《なに》かやるぞ」

「何《なに》かって何《なに》?」

「それはわからないが、学校《がっこう》が大騒《おおさわ》ぎになることだ」

「またいい加減《かげん》なこと言《い》って。もう信《しん》じない」

「信《しん》じたくないなら信《しん》じなくていいよ」

真之介《しんのすけ》はそう言《い》って、電話《でんわ》を切《き》った。

有季《ゆうき》はしばらく受話器《じゅわき》を見《み》つめていたが、真之介《しんのすけ》の言《い》った「古谷《ふるや》が何《なに》かやる」という言葉《ことば》が耳《みみ》について離《はな》れなかった。

電話《でんわ》が鳴《な》った。受話器《じゅわき》を取《と》ると、英治《えいじ》からだった。

「何《なん》で電話《でんわ》したかわかるだろう？」

受話器《じゅわき》を取《と》るなり言《い》った。

「古谷先生《ふるやせんせい》のことでしょう。昨日《きのう》、先生《せんせい》のマンションに行《い》きました」

「そうか。様子《ようす》はどうだった？」

「急《きゅう》に頭《あたま》が痛《いた》くなったと言《い》っていたこと以外《いがい》、取《と》り立《た》てて変《か》わったところはありませんでした」

「悪霊《あくりょう》は今朝《けさ》、古谷《ふるや》に憑《つ》くそうだ。これから何《なに》かやるぞ」

英治《えいじ》の声《こえ》はいつもと違《ちが》っている。

「また悪霊《あくりょう》ですか。真《しん》に聞《き》いたんですね？」

有季《ゆうき》はがっかりした。

「ああ。きみはいやに落《お》ち着《つ》いているな」

「わたしは霊《れい》を信《しん》じていませんから」

「そうか。じゃ、言《い》っても無駄《むだ》だな」

英治《えいじ》は電話《でんわ》を切《き》ってしまった。

いつものように学校《がっこう》に行《い》くと、貢《みつぐ》があわててやってきて、

「東部中学校《とうぶちゅうがっこう》で大変《たいへん》なことが起《お》きたそうだ。今《いま》、校長先生《こうちょうせんせい》からおれのスマホに連絡《れんらく》があった」

と言《い》った。

「わかったから、もう少《すこ》し落《お》ち着《つ》きなさい」

「これが興奮《こうふん》しないでいられるか」

貢《みつぐ》の話《はなし》はこういうものであった。

今朝《けさ》、校長《こうちょう》の真辺《まなべ》が校長室《こうちょうしつ》に入《はい》ると、校長《こうちょう》の席《せき》に古谷《ふるや》が座《すわ》っていた。

「そこはわたしの席《せき》だ。どきたまえ」

真辺《まなべ》が叱《しか》りつけると、

「今日《きょう》からこの学校《がっこう》の校長《こうちょう》はわたしに替《か》わった。したがって、きみはクビだ」

「ふざけたことを言《い》うんじゃない」

「ふざけているのはきみだ。ここから出《で》ていきたまえ」

真辺《まなべ》はとっさに古谷《ふるや》に悪霊《あくりょう》が憑《つ》いたと思《おも》って、校長室《こうちょうしつ》を出《で》ると、職員室《しょくいんしつ》に行《い》った。

「何《なに》かご用《よう》ですか？」

教頭《きょうとう》の上野《うえの》がきいた。

「古谷《ふるや》に悪霊《あくりょう》が憑《つ》いた。今《いま》、校長室《こうちょうしつ》にいる」

「悪霊《あくりょう》ですか？　本当《ほんとう》ですか？」

上野《うえの》が言《い》ったとき、校内放送《こうないほうそう》が聞《き》こえた。

『わたしは今日《きょう》、この学校《がっこう》の校長《こうちょう》になった古谷《ふるや》だ。真辺校長《まなべこうちょう》は昨日付《きのうづけ》でクビにした。そこで今日《きょう》はすべての授業《じゅぎょう》を中止《ちゅうし》して、自習《じしゅう》とする』

「とんでもないことを言《い》っていますよ。わたしが行《い》ってつまみだしてきます」

上野《うえの》が言《い》った。

「相手《あいて》には悪霊《あくりょう》が憑《つ》いている。一人《ひとり》では危険《きけん》だから岡田《おかだ》くんも連《つ》れていったほうがいい」

岡田《おかだ》は教務主任《きょうむしゅにん》で体《からだ》もがっしりしている。

「それじゃ、二人《ふたり》で行《い》こう」

上野《うえの》は岡田《おかだ》を連《つ》れて職員室《しょくいんしつ》を出《で》ていったが、しばらくして戻《もど》ってきた。

「校長室《こうちょうしつ》に行《い》ったのですが、中《なか》から鍵《かぎ》をかけていて入《はい》れなかったので戻《もど》ってきました。ドアを壊《こわ》しますか？」

上野《うえの》が言《い》った。

「ドアを壊《こわ》すくらいなら、わたしが行《い》って説得《せっとく》してみます」

音楽《おんがく》の水野《みずの》が言《い》った。

「しかし、鍵《かぎ》をかけているから、中《なか》には入《はい》れないぞ」

「お茶《ちゃ》を持《も》ってきたと言《い》えば開《あ》けてくれるでしょう」

「では、水野先生《みずのせんせい》にお願《ねが》いすることにしよう」

ということで、水野《みずの》はお茶《ちゃ》を持《も》って校長室《こうちょうしつ》に出《で》かけたが、しばらくして帰《かえ》ってきた。

「校長室《こうちょうしつ》にはだれもいません」

「だれもいない？　ではどこに行《い》ったというんだ」

上野《うえの》が言《い》うと、真辺《まなべ》が、

「待《ま》ちなさい。その前《まえ》にさっきの校内放送《こうないほうそう》を訂正《ていせい》しなくては」

と言《い》うと、上野《うえの》が、

「そうでした。すぐわたしが訂正放送《ていせいほうそう》をしましょう」

と言《い》って、校長室《こうちょうしつ》へ急《いそ》いだ。間《ま》もなく、

『先《さき》ほどの放送《ほうそう》は古谷先生《ふるやせんせい》のいたずらです。校長先生《こうちょうせんせい》も替《か》わっていません。みなさんはいつも通《どお》り授業《じゅぎょう》をはじめます』

と、放送《ほうそう》する上野《うえの》の声《こえ》が聞《き》こえた。

「これでやれやれだ」

真辺《まなべ》がため息《いき》をついたとき、職員室《しょくいんしつ》に電話《でんわ》がかかってきた。

電話《でんわ》を取《と》った教師《きょうし》が、「校長先生《こうちょうせんせい》にです」と、受話器《じゅわき》をわたした。

「校長先生《こうちょうせんせい》、これで安心《あんしん》するのは早《はや》いぜ。今日学校《きょうがっこう》で何《なに》が起《お》こるか、せいぜい注意《ちゅうい》したほうがいい。おれは親切《しんせつ》だろう」

それだけ言《い》うと、電話《でんわ》は切《き》れた。

「今日《きょう》、学校《がっこう》で何《なに》かやると予告《よこく》してきた」

校長《こうちょう》が言《い》うと、

「わたしは、給食《きゅうしょく》が危《あぶ》ないと思《おも》います」

と言《い》った教師《きょうし》がいた。

「そうだ。給食《きゅうしょく》には十分注意《じゅうぶんちゅうい》しよう。ほかに何《なに》かやってきそうなことはあるか？」

真辺《まなべ》が言《い》ったが、だれも答《こた》えなかった。

2

『今度《こんど》は脅迫電話《きょうはくでんわ》がきた。どうしたらいい？』

真辺《まなべ》から有季《ゆうき》のスマホにメールが入《はい》った。

『どんな内容《ないよう》ですか？』

有季《ゆうき》が返信《へんしん》すると、

『今日《きょう》、学校《がっこう》で何《なに》かが起《お》きるというものだ。対策《たいさく》を教《おし》えてくれ』

信《しん》じたくなくても、真之介《しんのすけ》の言《い》うとおりになっている。有季《ゆうき》がスマホの画面《がめん》を見《み》つめていると、またメールが入《はい》った。今度《こんど》は真之介《しんのすけ》からだ。

『信《しん》じるか信《しん》じないかはきみ次第《しだい》だが、今日《きょう》、東部中学《とうぶちゅうがく》で何《なに》が起《お》こるかわかった。校長室《こうちょうしつ》が爆破《ばくは》される。時間《じかん》は二時《じ》。すぐに取《と》りのぞけと言《い》うんだ。爆弾《ばくだん》は校長室《こうちょうしつ》のロッカーに入《はい》っている』

真之介《しんのすけ》はなぜこんなことを知《し》っているのか？

また、霊《れい》に聞《き》いたのか？

有季《ゆうき》はメールを見《み》たとたんに思《おも》った。

しかし、爆弾《ばくだん》が爆発《ばくはつ》するとされる二時《じ》までは、そう時間《じかん》はない。もし、そのときだれかが校長室《こうちょうしつ》にいたら、間違《まちが》いなく即死《そくし》だ。

爆弾《ばくだん》は古谷《ふるや》が仕掛《しか》けたとしか考《かんが》えられない。真之介《しんのすけ》のメールがでたらめだとしても、真辺《まなべ》には言《い》うべきだ。

そう思《おも》った有季《ゆうき》は真辺《まなべ》にメールすることにした。

『今《いま》すぐ校長室《こうちょうしつ》のロッカーを開《あ》けてください。もし、そこに見《み》たこともないものが入《はい》っていたら、校庭《こうてい》の隅《すみ》にでも埋《う》めてください。二時《じ》に爆発《ばくはつ》する爆弾《ばくだん》の恐《おそ》れがあります』

メールした有季《ゆうき》は、真之介《しんのすけ》が言《い》うとおり、ロッカーに爆弾《ばくだん》があるかどうか心配《しんぱい》で、いてもたってもいられなくなった。

十分《ぶん》ほどしたとき、真辺《まなべ》からメールが入《はい》った。

『ロッカーを見《み》たら、見《み》たこともない包《つつ》みがあったので警察《けいさつ》に電話《でんわ》して処理《しょり》してもらうことになった。ありがとう。二時《じ》になったら知《し》らせる』

真辺《まなべ》のメールを見《み》たとたん、有季《ゆうき》は胸《むね》を撫《な》でおろした。

すぐに真之介《しんのすけ》にメールした。

『校長室《こうちょうしつ》のロッカーに見《み》たこともない包《つつ》みがあったというので、すぐに処理《しょり》させたよ。あとは二時《じ》になるのを待《ま》つだけ』

有季《ゆうき》は二時《じ》になるまで、何度《なんど》時計《とけい》を見《み》たかしれない。ようやく二時《じ》になって数分《すうふん》したとき、真辺《まなべ》からメールが入《はい》った。

『二時《じ》ぴったりに爆弾《ばくだん》が爆発《ばくはつ》した。もし、そのとき校長室《こうちょうしつ》にいたらと思《おも》うと、身震《みぶる》いがする。きみは命《いのち》の恩人《おんじん》だ。あらためてありがとう。あとで事務所《じむしょ》にお礼《れい》に行《い》く』

メールを見《み》たとたん、有季《ゆうき》は躍《おど》りあがって、真之介《しんのすけ》にメールした。

『二時《じ》に、真《しん》の予言《よげん》どおりに爆弾《ばくだん》が爆発《ばくはつ》したそうよ。真《しん》がなんで知《し》っていたのかはきかないけど、爆弾《ばくだん》から助《たす》かったのは事実《じじつ》なので、お礼《れい》を言《い》います。ありがとう』

『だれに教《おし》えてもらったのか、聞《き》きたくないのか？』

真之介《しんのすけ》からすぐに返信《へんしん》があったが、

『結構《けっこう》です。でも、ありがとう』

と、有季《ゆうき》は答《こた》えた。

そこに、貢《みつぐ》がやってきて、

「校長《こうちょう》、助《たす》かったらしいな。お礼《れい》の電話《でんわ》をしてきたぜ。あの情報《じょうほう》、真《しん》から聞《き》いたんだろう？」

と言《い》った。

「うん」

「やっぱりな。真《しん》はだれから聞《き》いたか知《し》ってるか？」

「知《し》らないよ。そんなこと」

「須藤《すどう》の霊《れい》にきいたんだ。そう言《い》ってた。悔《くや》しくないか」

貢《みつぐ》は有季《ゆうき》の顔《かお》をのぞきこんだ。

「悔《くや》しいにきまってるじゃない」

「まだ、霊《れい》を信《しん》じられないのか？」

「信《しん》じたくないけど……」

今度《こんど》ばかりは言葉《ことば》もない。

「古谷先生《ふるやせんせい》に悪霊《あくりょう》が憑《つ》いているかぎり、また何《なに》かやるってさ」

悪霊《あくりょう》なんかいないと思《おも》っているのに、貢《みつぐ》にそう言《い》われると、反論《はんろん》できないのが悔《くや》しい。

「今度《こんど》は何《なに》？」

有季《ゆうき》はつい言《い》ってしまった。

「悪霊《あくりょう》に取《と》り憑《つ》かれた古谷先生《ふるやせんせい》が今度《こんど》は何《なに》をするかは、まだわからないそうだ」

授業《じゅぎょう》が終《お》わると、有季《ゆうき》は『フィレンツェ』に出《で》かけた。しばらくすると、真辺《まなべ》がやってきた。

「きみには、なんとお礼《れい》を言《い》っていいかわからん」

真辺《まなべ》は有季《ゆうき》の顔《かお》を見《み》るなり言《い》った。

「あれは、わたしが予想《よそう》したのではありません。真《しん》が教《おし》えてくれたのですから、真《しん》にお礼《れい》を言《い》ってください」

「そうか。しかし、真之介《しんのすけ》くんはどうしてあそこまでくわしくわかったのだろう。時間《じかん》と場所《ばしょ》まで」

真辺《まなべ》は首《くび》を傾《かし》げた。

「それはわたしにきかれても、お答《こた》えできません。わたしだって不思議《ふしぎ》に思《おも》っているのですから」

「この前《まえ》の放火《ほうか》のときは、こちらが事前《じぜん》に準備《じゅんび》をしたので止《や》めたようだが、今度《こんど》もうまくいったな」

「そのことですが、古谷先生《ふるやせんせい》は、まだやるつもりのようです」

貢《みつぐ》が言《い》うと、

「古谷《ふるや》くんには、もう学校《がっこう》を辞《や》めてもらうつもりだ」

真辺《まなべ》が言《い》った。

「そうですか。クビですか。いい先生《せんせい》なのに」

有季《ゆうき》はため息《いき》をついた。

「仕方《しかた》ないだろう。警察《けいさつ》に捕《つか》まらなかっただけよかったと思《おも》ってくれなくては」

「でも、もし辞《や》めさせたら、もっと襲《おそ》われる確率《かくりつ》が高《たか》くなりますよ」

貢《みつぐ》が言《い》うと、

「そのときはまたきみたちに頼《たの》めばいい」

真辺《まなべ》は、あまり深刻《しんこく》に考《かんが》えていないようだ。

「敵《てき》は悪霊《あくりょう》ですからね。ぼくらだけで防《ふせ》げるかどうかわかりませんよ」

貢《みつぐ》は有季《ゆうき》の顔《かお》を見《み》て言《い》った。

「そんなことを言《い》わずに頼《たの》む」

真辺《まなべ》は、二人《ふたり》に向《む》かって頭《あたま》を下《さ》げた。

3

真辺《まなべ》が帰《かえ》ると、入《い》れ違《ちが》いに真之介《しんのすけ》がやってきた。

「今《いま》、校長先生《こうちょうせんせい》がお礼《れい》を言《い》いにやってきたところ。どうもありがとう。校長先生《こうちょうせんせい》に代《か》わってお礼《れい》を言《い》います」

有季《ゆうき》が頭《あたま》を下《さ》げた。

「今日《きょう》はやけに素直《すなお》だな。悪霊《あくりょう》はかなり頭《あたま》に来《き》ているようだから、この次《つぎ》は本気《ほんき》でやってくる。校長先《こうちょうせん》生《せい》に言《い》っておいたほうがいいぞ」

「それ、霊《れい》が言《い》ったの？」

「ああ、そうだ。有季《ゆうき》は信《しん》じていなかったな」

「でも、今度《こんど》ばかりは真《しん》に負《ま》けたわ」

「そうか。霊《れい》を信《しん》じるようになったか？」

「真《しん》のことは信《しん》じても、霊《れい》は信《しん》じない」

有季《ゆうき》はぴしゃりと言《い》った。

「まだそんなこと言《い》ってるのか。では、今度《こんど》のことを悪霊《あくりょう》以外《いがい》にどう説明《せつめい》する？」

真之介《しんのすけ》は余裕《よゆう》たっぷりだ。

「真《しん》の超能力《ちょうのうりょく》は信《しん》じる」

「超能力《ちょうのうりょく》だって？　ぼくにそんなものはないよ」

真之介《しんのすけ》は笑《わら》いとばした。

「ある。自分《じぶん》では気《き》づいてないだけ」

有季《ゆうき》はしどろもどろになった。

「きみは、もう少《すこ》し頭《あたま》を柔《やわ》らかくしないと。菊地《きくち》さんや相原《あいはら》さんを見習《みなら》えよ」

「見習《みなら》ってるわよ」

「それなら変《か》わりそうなものだがな」

真之介《しんのすけ》はにやにやしながら、

「アッシーは、ぼくの言《い》うことを信《しん》じてくれてる。そうだろ?」

と言《い》って、貢《みつぐ》の顔《かお》を見《み》た。

「うん。信《しん》じてる」

貢《みつぐ》はうなずいた。

「アッシーは素直《すなお》だ」

「じゃ、わたしは素直《すなお》じゃないというの?」

有季《ゆうき》が言《い》うと、

「それは自分《じぶん》にきけばいい。ぼくは帰《かえ》る」

真之介《しんのすけ》はそう言《い》って、帰《かえ》っていった。

「悔《くや》しい」

有季《ゆうき》は真之介《しんのすけ》の後《うし》ろ姿《すがた》に言《い》った。

「古谷先生《ふるやせんせい》はすっかり変《か》わってしまったじゃないか。あれはどう説明《せつめい》できる？」

「心《こころ》の病《やまい》よ」

「まだそんなこと言《い》ってるのか。だから、素直《すなお》じゃないと言《い》われるんだ。あれは悪霊《あくりょう》が憑《つ》いたとしか考《かんが》えられない」

貢《みつぐ》に言《い》われて、

「悪霊《あくりょう》なんていない！」

有季《ゆうき》は言《い》いはった。

「そう思《おも》うなら、この次《つぎ》に何《なに》をするか言《い》ってみろよ」

「この次《つぎ》、何《なに》をするかなんていうのは、悪霊《あくりょう》がいるのが前提《ぜんてい》の話《はなし》でしょ。そんなことより、先生《せんせい》を病院《びょういん》に入《い》れて治療《ちりょう》すればいいのよ」

「有季《ゆうき》がそんなに頭《あたま》がかたいとは思《おも》わなかった」

貢《みつぐ》があきれているのが有季《ゆうき》にもわかったが、霊《れい》を信《しん》じることはどうしてもできない。

と言《い》って、つぎつぎに当《あ》たっている真之介《しんのすけ》の予言《よげん》も無視《むし》できない。

あれはどう解釈《かいしゃく》したらいいのだろうか？

有季《ゆうき》はいくら考《かんが》えてもわからなかった。

4

「明日《あした》、また事件《じけん》が起《お》きる。校長先生《こうちょうせんせい》に伝《つた》えておくんだ」

真之介《しんのすけ》はそれだけ言《い》って電話《でんわ》を切《き》った。

どういう事件《じけん》が起《お》きるか言《い》わなくちゃ、校長先生《こうちょうせんせい》に言《い》えないじゃないの。

有季《ゆうき》は口《くち》の中《なか》でつぶやいた。

そこで真之介《しんのすけ》が言《い》ったことを伝《つた》えるべきか、まず、英治《えいじ》に電話《でんわ》で相談《そうだん》することにした。

「真《しん》がまた事件《じけん》が起《お》きるから、校長先生《こうちょうせんせい》に伝《つた》えろって言《い》うんですけど……」

「事件《じけん》の内容《ないよう》はわからないのか？」

「はい。それだけです」

「それなら、それだけでいい。校長《こうちょう》に伝《つた》えろ」

「わかりました。それよりわたしは、古谷先生《ふるやせんせい》は病院《びょういん》に入《い》れたらいいと思《おも》うのですが」

「悪霊《あくりょう》は病院《びょういん》で治療《ちりょう》できるものじゃない。捕《つか》まえたら、おりにでも入《い》れておこう」

病院《びょういん》じゃなくて、おりに入《い》れるなんて、いくらなんでもひどすぎる。

そう思《おも》いながら真辺《まなべ》に電話《でんわ》した。

「校長先生《こうちょうせんせい》、明日《あした》、また事件《じけん》が起《お》きるらしいです。どんな内容《ないよう》かはわかりません」

「内容《ないよう》がわからなくては手《て》の打《う》ちようがないではないか」

「今《いま》のところはそれしか言《い》えませんが、注意《ちゅうい》だけはしておいてください」

「わかった。ありがとう」

電話《でんわ》を切《き》った有季《ゆうき》は、真辺《まなべ》の困惑《こんわく》した顔《かお》が浮《う》かんで、胸《むね》が痛《いた》んだが、何《なに》もしないではいられない。自《じ》分《ぶん》なりに事件《じけん》の内容《ないよう》を考《かんが》えてみなくてはと思《おも》った。

ふっと頭《あたま》に浮《う》かんだのが、先生《せんせい》か生徒《せいと》の誘拐《ゆうかい》である。そこで、英治《えいじ》に電話《でんわ》してみた。

「生徒《せいと》の誘拐《ゆうかい》なんてのはどうでしょう？」

「それは、ありふれているな。敵《てき》はもっととんでもないことを仕掛《しか》けてくると思《おも》うぜ」

とんでもないことって何《なん》だろう。

有季《ゆうき》は頭《あたま》をしぼったが、何《なに》も浮《う》かんでこない。

「校長《こうちょう》に悪霊《あくりょう》が取《と》り憑《つ》くなんてのはどうかな。もしそうなったら古谷《ふるや》なんてものじゃない。おもしろいぜ」

英治《えいじ》が弾《はず》んだ声《こえ》で言《い》った。

「それはそうですね」

「何《なん》だ。あまり納得《なっとく》してないな」

英治《えいじ》はちょっと不満《ふまん》そうだった。

校長《こうちょう》に悪霊《あくりょう》が乗《の》りうつる。それは有季《ゆうき》にはあまりに荒唐無稽《こうとうむけい》に思《おも》えて、納得《なっとく》できなかった。

「有季《ゆうき》も何《なに》か考《かんが》えてみろよ」

英治《えいじ》は不機嫌《ふきげん》そうに電話《でんわ》を切《き》った。

有季《ゆうき》は英治《えいじ》の意見《いけん》が気《き》になって、貢《みつぐ》に電話《でんわ》してみた。

「校長《こうちょう》に悪霊《あくりょう》が乗《の》りうつる？　それ、おもしろいな。そんな学校《がっこう》がどうなるか見《み》てみたいよ」

貢《みつぐ》は声《こえ》をはずませた。

「そう？　わたしはそうは思《おも》わないけど」

「センス悪《わる》いな。それじゃ、犯人《はんにん》は捕《つか》まえられないよ」

「アッシーに言《い》われたくない」

「むかついたか？」

「むかついた」

「真《しん》に言《い》ってみろ。もっとひどいこと言《い》われるぞ」

たしかに貢《みつぐ》の言《い》うとおりかもしれない。

「真《しん》には言《い》わないよ。言《い》ったら何《なに》を言《い》われるかわからないから」

「だけど、おれがしゃべっちゃう」

貢《みつぐ》はそう言《い》うと、真之介《しんのすけ》に電話《でんわ》して話《はな》した後《あと》、有季《ゆうき》に電話《でんわ》をかけなおしてきた。

「おもしろいから、霊《れい》にきいてみると言《い》った」

それからまもなく、

「真《しん》からメールがあった。霊《れい》が言《い》うには、悪霊《あくりょう》が校長《こうちょう》に取《と》り憑《つ》くのはまちがいないって。校長先生《こうちょうせんせい》に言《い》っておいたほうがいいぞ」

貢《みつぐ》がメールを読《よ》みあげた。

そう言《い》われては、真辺《まなべ》に話《はな》さないわけにはいかない。

有季《ゆうき》は真辺《まなべ》に電話《でんわ》した。

「もしもし、有季《ゆうき》です。お知《し》らせがあって電話《でんわ》しましたが、驚《おどろ》かないでください」

「わかった。驚《おどろ》かないから話《はな》してくれ」

「では言《い》います。今度《こんど》、悪霊《あくりょう》が取《と》り憑《つ》くのは校長先生《こうちょうせんせい》だそうです」

「わたしに？」

真辺《まなべ》は絶句《ぜっく》した。

「もし、そうなったらどうします？」

「だれがそんなことを言《い》ったのだ？」

「真《しん》です」

「真《しん》、なんて言《い》った？」

「真之介《しんのすけ》くんか……。これまでも彼《かれ》の言《い》うことはみんな当《あ》たった。今度《こんど》も当《あ》たるだろう」

「わたしは悪霊《あくりょう》なんか信《しん》じません」

有季《ゆうき》が言《い》うと、

「きみはそう言《い》うが、悪霊《あくりょう》はいるんだよ」

真辺《まなべ》は落《お》ちこんだ声《こえ》で言《い》った。

「もしいるなら、わたしにはできないけど防《ふせ》ぐ方法《ほうほう》はあるでしょう」

有季《ゆうき》が突《つ》きはなすと、

「きみはわたしを見捨《みす》てるのか」

真辺《まなべ》は泣《な》きだしそうな声《こえ》になった。

「それでは、悪霊《あくりょう》に取《と》り憑《つ》かれないようにバリアをつくったらどうですか？」

「バリア？　きみがこしらえてくれるのか」

「わたしにはできませんので、仲間《なかま》と相談《そうだん》してみます」

「よろしく頼《たの》む」

真辺《まなべ》に頼《たの》みこまれた有季《ゆうき》は、しばらく考《かんが》えて、やはり真之介《しんのすけ》に連絡《れんらく》することにした。

「もしもし。校長先生《こうちょうせんせい》が悪霊《あくりょう》で困《こま》っているんだけど、わたしにはどうしたらいいかわからなくて。バリアとかで、悪霊《あくりょう》に取《と》り憑《つ》かれないようにする方法《ほうほう》はない？」

「霊《れい》に相談《そうだん》してみるか」

「真《しん》じゃ、わからないの？」

「霊《れい》の世界《せかい》の話《はなし》だからな」

「じゃ、相談《そうだん》してみてよ」

こうなったら霊《れい》でもかまわない。

「わかった」

真之介《しんのすけ》がそう言《い》ってくれたので、これでなんとかなると有季《ゆうき》はほっとした。

間《ま》もなく真之介《しんのすけ》から電話《でんわ》がきた。

「校長《こうちょう》の悪霊《あくりょう》にバリアはだめだと霊《れい》は言《い》っている」

「それじゃ、校長先生《こうちょうせんせい》は……」

「間《ま》もなく悪霊《あくりょう》が取《と》り憑《つ》く。学校《がっこう》はえらいことになるぞ」

真之介《しんのすけ》はわざと有季《ゆうき》を脅《おど》かしている。

わたしは悪霊《あくりょう》を信《しん》じない。そう思《おも》いながら、有季《ゆうき》は体《からだ》が震《ふる》えてきた。

「校長先生《こうちょうせんせい》には何《なん》て言《い》えばいいの？」

「悪霊《あくりょう》が取《と》り憑《つ》いても身動《みうご》きがとれないように、密室《みっしつ》にでも入《はい》っていてもらうか」

「そういえば、菊地《きくち》さんもおりに入《い》れておけ、なんて言《い》ってた」

有季《ゆうき》は思《おも》わず笑《わら》いだしそうになった。

「おりか、それはいいかもしれないぞ。有季《ゆうき》、これは冗談《じょうだん》じゃないんだ。そうでもしておかないと何《なに》をするかわからないぞ」

「でも、校長先生《こうちょうせんせい》におりに入《はい》ってくださいとは言《い》えないよ」

「言《い》えなかったら、校長先生《こうちょうせんせい》をうまいこと言《い》って動物園《どうぶつえん》に連《つ》れだして、トラのおりにでも入《い》れちゃうんだな。それくらいならできるだろう」

真之介《しんのすけ》は簡単《かんたん》に言《い》うけれど、校長先生《こうちょうせんせい》をトラのおりに入《い》れるなんて、そんなことできないよ。

と言《い》って、校長《こうちょう》がその前《まえ》に暴《あば》れだしたらどうしよう。

どうしたらいい？

考《かんが》えだすと有季《ゆうき》は目《め》の前《まえ》が暗《くら》くなった。

悪霊《あくりょう》なんかいない。

有季《ゆうき》は自分《じぶん》に言《い》い聞《き》かせた。

5

有季《ゆうき》は真之介《しんのすけ》の話《はなし》を貢《みつぐ》にした。

「校長先生《こうちょうせんせい》をおりに入《い》れるなんておもしろいじゃん。おれがやってやろうか」

貢《みつぐ》はすっかり乗《の》ってきた。

「そんなこと言《い》うけど、もし校長先生《こうちょうせんせい》に悪霊《あくりょう》が取《と》り憑《つ》かなかったらどうするの？　少年院行《しょうねんいんい》きよ」

「構《かま》わないさ。一度少年院《いちどしょうねんいん》にも入《はい》ってみたいと思《おも》っていたところだ」

「アッシーがそんなこと思《おも》っていたなんて、青天《せいてん》の霹靂《へきれき》」

「すげえ言葉《ことば》知《し》ってるんだな。とにかくおれはやるよ。悪霊《あくりょう》が校長先生《こうちょうせんせい》に取《と》り憑《つ》いたら大変《たいへん》だ。おりにでも入《い》れておかなくちゃ」

「でも、どうやって校長先生《こうちょうせんせい》を動物園《どうぶつえん》に連《つ》れていくの？」

「それは簡単《かんたん》だ。おれにいいアイディアがある」

貢《みつぐ》は自信満々《じしんまんまん》だ。しかし、貢一人《みつぐひとり》では心配《しんぱい》だ。

「最初《さいしょ》におりに入《い》れろって言《い》ったのは菊地《きくち》さんだから、菊地《きくち》さんにも相談《そうだん》したほうがいいわ」

「もちろん相談《そうだん》するさ」

貢《みつぐ》の顔《かお》を見《み》て、有季《ゆうき》は安心《あんしん》した。

貢《みつぐ》の相談《そうだん》を受《う》けて、英治《えいじ》が『フィレンツェ』にやってきたので、貢《みつぐ》は真辺《まなべ》を呼《よ》んだ。真辺《まなべ》はすぐにあらわれた。

「校長先生《こうちょうせんせい》もご存知《ぞんじ》だと思《おも》いますが、古谷先生《ふるやせんせい》に取《と》り憑《つ》いた悪霊《あくりょう》は校長先生《こうちょうせんせい》に乗《の》りうつります。そうなると古谷先生《ふるやせんせい》はもとに戻《もど》りますが、校長先生《こうちょうせんせい》が変身《へんしん》します」

「どうにかならんものかね」

真辺《まなべ》はすがりつくように貢《みつぐ》を見《み》た。

「それを防《ふせ》ぐ方法《ほうほう》を考《かんが》えました」

英治《えいじ》が言《い》った。

「どんな方法《ほうほう》かね？」

「校長先生《こうちょうせんせい》の周《まわ》りを鉄《てつ》の柵《さく》で囲《かこ》むのです」

「そんな鉄《てつ》の柵《さく》がすぐにできるのかね」

「できます。でもちょっと抵抗《ていこう》があるかもしれません」

「多少《たしょう》の抵抗《ていこう》なんて、悪霊《あくりょう》に取《と》り憑《つ》かれることを思《おも》えば我慢《がまん》できる。すぐにやってくれたまえ」

「では行《い》きましょう。ぼくらについてきてください」

「今《いま》すぐかい？」

「ええ、早《はや》いほうがいいです」

「じゃ、行《い》こう」

英治《えいじ》が立《た》ち上《あ》がると、真辺《まなべ》はついてきた。

「アッシーも行《い》くぞ」

英治《えいじ》に言《い》われて貢《みつぐ》も『フィレンツェ』を出《で》た。

「これからどこに行《い》くのかね？」

真辺《まなべ》がきいた。

「黙《だま》ってついてきてください」

英治《えいじ》に言《い》われ、それから真辺《まなべ》は何《なに》も言《い》わなくなった。

やがて動物園《どうぶつえん》が見《み》えてきた。

「ここは動物園《どうぶつえん》じゃないか。まさかここに入《はい》るんじゃないだろうね？」

真辺《まなべ》が不安《ふあん》な顔《かお》をした。

「正解《せいかい》です。トラのおりに入《はい》っていただきます」

「トラのおり？　まさかトラといっしょじゃないだろうね？」

真辺《まなべ》の顔《かお》から血《ち》の気《け》が引《ひ》いた。

「そんなことはしません。トラは動物園《どうぶつえん》に頼《たの》んで移動《いどう》していますからご安心《あんしん》ください」

英治《えいじ》に言《い》われて、真辺《まなべ》の顔色《かおいろ》がやっと元《もと》に戻《もど》った。

やがてトラのおりの前《まえ》まで来《く》ると、係員《かかりいん》がいて中《なか》に案内《あんない》された。

素直《すなお》に入《はい》っていった真辺《まなべ》に、

「どうですか、居心地《いごこち》は？」

英治《えいじ》がきいた。

「いいわけないだろう」

真辺《まなべ》は不機嫌《ふきげん》な顔《かお》で言《い》った。

「少《すこ》しの辛抱《しんぼう》です。校長先生《こうちょうせんせい》、がまんしてください」

英治《えいじ》がまじめな顔《かお》で言《い》うので、貢《みつぐ》は噴《ふ》きだしそうになって後《うし》ろを向《む》いた。

「早《はや》く出《だ》してくれー！」

真辺《まなべ》は泣《な》きそうな顔《かお》で言《い》った。

トラのおりの中《なか》の校長《こうちょう》。これは明日《あした》にでも、みんなを誘《さそ》って見《み》にこなくてはならない。

みんながおもしろがっている顔《かお》が目《め》に浮《う》かぶ。

それを考《かんが》えると、貢《みつぐ》は胸《むね》がわくわくしてきた。

『フィレンツェ』に戻《もど》ると有季《ゆうき》はまだいて、

「どうだった？」

ときいた。

「校長先生《こうちょうせんせい》はまんまとトラのおりに入《はい》ったよ。明日《あした》はみんなで動物園《どうぶつえん》に行《い》こう」

「悪《わる》いこと考《かんが》えるのね」

有季《ゆうき》が言《い》うと、

「おりの中《なか》の校長先生《こうちょうせんせい》。これが見《み》ないでいられるか」

貢《みつぐ》はそこで思《おも》いきり笑《わら》った。

本当《ほんとう》に校長《こうちょう》がトラになったらと考《かんが》えると、いつまでたっても笑《わら》いがとまらなかった。

「だけど、校長先生《こうちょうせんせい》をおりの中《なか》にずっと閉《と》じこめておけるの？　相手《あいて》は悪霊《あくりょう》なんでしょ。おりを破《やぶ》って出《で》てくるなんてことはないのかな？」

有季《ゆうき》が言《い》った。

「それは考《かんが》えすぎだよ。トラのおりだぜ。破《やぶ》れるはずがないと思《おも》う」

貢《みつぐ》が言《い》った。

「そうか。考《かんが》えすぎか」

有季《ゆうき》はそう言《い》いながら、別《べつ》のことを考《かんが》えていた。

もし悪霊《あくりょう》がいなかったら、真辺《まなべ》になんと言《い》って謝《あやま》ればいいのだろう。

6

その翌日《よくじつ》、貢《みつぐ》は哲也《てつや》と健二《けんじ》と美沙《みさ》を連《つ》れて、動物園《どうぶつえん》に出《で》かけた。

道《みち》すがら、貢《みつぐ》は校長《こうちょう》をおりに入《い》れるまでの自慢話《じまんばなし》をしたが、三人《にん》とも、その話《はなし》を夢中《むちゅう》になって聞《き》いた。

動物園《どうぶつえん》に入《はい》ると、

「いいか。校長先生《こうちょうせんせい》を見《み》たら、こんにちはと言《い》ってやるんだぞ」

と言《い》いながら、トラのおりに近《ちか》づいた。

すると、おりの中《なか》にいたのはトラだった。

「なんだ。トラのおりにトラがいるのは当《あ》たり前《まえ》だ」

哲也《てつや》がつまらなそうに言《い》った。

「校長先生《こうちょうせんせい》はトラになっちゃったんだよ」

貢《みつぐ》がトラに向《む》かって、

「先生《せんせい》？　こんにちは」

と言《い》うと、トラは貢《みつぐ》に向《む》かって激《はげ》しく吠《ほ》えた。

「トラが怒《おこ》ってるわよ」

美沙《みさ》が言《い》った。

「そんなに怒《おこ》らなくてもいいでしょう」

と言《い》うと、トラはさらに吠《ほ》えた。

貢《みつぐ》が困惑《こんわく》していると、係員《かかりいん》がやってきて言《い》った。

「今朝《けさ》、トラのおりが空《から》っぽになっていたので、元《もと》どおりにしました。これは本物《ほんもの》のトラです」

「じゃ、校長先生《こうちょうせんせい》は逃《に》げたのか？　ヤバイ。おれたちも逃《に》げよう」

健二《けんじ》が言《い》うと、三人《にん》は走《はし》りだした。

貢《みつぐ》もそのあとについて逃《に》げた。

途中《とちゅう》、貢《みつぐ》がスマホで英治《えいじ》に連絡《れんらく》し、

「今《いま》、動物園《どうぶつえん》に行《い》ったら校長先生《こうちょうせんせい》がいなくなっていたんです。トラのおりから逃《に》げたようです」

と言《い》うと、

「それは大変《たいへん》だ。アッシーもすぐ逃《に》げろ」

英治《えいじ》の声《こえ》が変《か》わった。

貢《みつぐ》は有季《ゆうき》に電話《でんわ》して、

「校長先生《こうちょうせんせい》がトラのおりから逃《に》げた。すぐに校長先生《こうちょうせんせい》と連絡《れんらく》がとれるか、たしかめてくれ。おれは『フィレンツェ』に戻《もど》る」

と言《い》った。

「わかったわ」

貢《みつぐ》が『フィレンツェ』に戻《もど》ると、有季《ゆうき》がいた。

「校長先生《こうちょうせんせい》は？」

「いない。連絡《れんらく》もないって。どこに行《い》ったのかしら」

「有季《ゆうき》のところに連絡《れんらく》はあったか？」

「わたしのところにもない」

「これは大変《たいへん》なことになるぞ」

貢《みつぐ》は体《からだ》が震《ふる》えてきた。

「そんなこと言《い》われてもわからない。どうなるの？」

「学校《がっこう》がめちゃめちゃになる」

「めちゃめちゃになるって、わたしたちはどうすればいいの？」

「そんなことわかんねえよ」

貢《みつぐ》はパニックになった。


その翌日《よくじつ》、校長《こうちょう》が突然《とつぜん》いなくなったことはテレビでも取《と》りあげられ、大問題《だいもんだい》になった。

英治《えいじ》のところにテレビレポーターの矢場《やば》から電話《でんわ》がかかってきた。

「おい、東部中学《とうぶちゅうがく》の校長《こうちょう》がいなくなったこと知《し》ってるか？」

「知《し》ってるかじゃないよ。あれにはおれもかかわってるんだ」

「本当《ほんとう》か。なぜそれをおれに知《し》らせてくれなかったんだ」

「いろいろあって、矢場《やば》さんに知《し》らせること忘《わす》れてた」

「冷《つめ》たいじゃないか。とにかく会《あ》って話《はなし》を聞《き》かせてくれ」

「それじゃ、これから『フィレンツェ』で会《あ》いませんか？　この事件《じけん》は有季《ゆうき》の方《ほう》がくわしいから」

「よし、わかった」

矢場《やば》はそう言《い》うと、電話《でんわ》を切《き》った。

英治《えいじ》が『フィレンツェ』に着《つ》くのと同時《どうじ》に矢場《やば》がやってきた。

「矢場《やば》さん、太《ふと》りましたね」

有季《ゆうき》が言《い》うと、

「それがしばらくぶりのあいさつか。ところで、きみは例《れい》の校長《こうちょう》の失踪事件《しっそうじけん》について、くわしく知《し》っているそうだな？」

と、有季《ゆうき》にきいた。

「知《し》ってるもなにも、わたしはこの事件《じけん》に最初《さいしょ》から深《ふか》くかかわっているんです」

「それじゃ、順《じゅん》を追《お》って聞《き》かせてくれ」

矢場《やば》に言《い》われて、有季《ゆうき》は最初《さいしょ》からの経緯《けいい》を話《はな》した。

「すると、古谷《ふるや》という先生《せんせい》はどうしたんだ？」

「今朝《けさ》、学校《がっこう》に帰《かえ》ってきたらしいです。何事《なにごと》もなかったみたいに」

「そいつは学校《がっこう》に火《ひ》をつけるって脅迫《きょうはく》したんだろう。それがなぜ平然《へいぜん》と学校《がっこう》にあらわれたんだ」

「古谷先生《ふるやせんせい》には悪霊《あくりょう》が憑《つ》いていたんです。その悪霊《あくりょう》が今度《こんど》は校長先生《こうちょうせんせい》に取《と》り憑《つ》こうとしているという話《はなし》を聞《き》いて、その前《まえ》にトラのおりに閉《と》じこめたんだけど、抜《ぬ》けだしてしまったんです。きっと、もう取《と》り憑《つ》かれてしまっているでしょう」

「トラのおりって何《なん》だ？」

矢場《やば》がきいた。

「動物園《どうぶつえん》のトラのおりだよ。そこに閉《と》じこめれば、悪《わる》いことはできないと思《おも》ってやったことなんだ」

英治《えいじ》が答《こた》えた。

「だれがトラのおりに閉《と》じこめたんだ？」

「おれだよ」

「そうだと思《おも》った。そんなことするのは菊地《きくち》くらいしかいない。しかし、悪霊《あくりょう》が取《と》り憑《つ》くなんてことが現実《げんじつ》にあるのかな」

矢場《やば》は首《くび》を傾《かし》げた。

「わたしはないと思《おも》ってるんですけど、理屈《りくつ》では説明《せつめい》できない不思議《ふしぎ》なことがつぎつぎに起《お》きているのは事実《じじつ》です」

有季《ゆうき》が言《い》った。

「悪霊《あくりょう》とまではどこも報道《ほうどう》してないが、それが事実《じじつ》だとしたらこれはおもしろいな」

「こいつを矢場《やば》さんがテレビでやれば局長賞《きょくちょうしょう》ものだね」

英治《えいじ》が言《い》うと、

「そのかわり、ガセだったらクビだ」

矢場《やば》が首《くび》を切《き》る真似《まね》をしたので、みんな大笑《おおわら》いになった。

7

真辺《まなべ》はそれから一週間《しゅうかん》たってもあらわれなかった。さすがに不気味《ぶきみ》になった有季《ゆうき》は真之介《しんのすけ》に相談《そうだん》した。

「校長先生《こうちょうせんせい》はどうしちゃったの？」

「もうすぐあらわれる。霊《れい》が言《い》った」

「霊《れい》、霊《れい》って言《い》うけど、霊《れい》はどうして姿《すがた》をあらわさないの？」

「須藤《すどう》の霊《れい》は広樹《ひろき》に憑《つ》いたが、広樹《ひろき》がいなくなったんで取《と》り憑《つ》く人間《にんげん》がいなくなったんだ」

「じゃ、本当《ほんとう》の広樹《ひろき》くんはどこに行《い》ったの？」

「大阪《おおさか》に帰《かえ》った」

「それじゃ、その霊《れい》はだれか取《と》り憑《つ》く人間《にんげん》を探《さが》してるってこと？」

「だれかいないか？」

「だれでもいいの？」

「いや、きみみたいに霊《れい》の存在《そんざい》を信《しん》じないようなやつはダメだ」

「じゃ、菊地《きくち》さんに相談《そうだん》してみるわ」

有季《ゆうき》は真之介《しんのすけ》との電話《でんわ》を切《き》ると、英治《えいじ》に連絡《れんらく》した。

英治《えいじ》は有季《ゆうき》からの相談《そうだん》を受《う》け、仲間《なかま》たちの顔《かお》を思《おも》いだした。

相原《あいはら》に取《と》り憑《つ》かせるとやっかいな気《き》がする。安永《やすなが》もだ。日比野《ひびの》はおもしろいが、ちょっと太《ふと》りすぎている。太《ふと》った霊《れい》なんて笑《わら》っちゃう。いろいろ考《かんが》えているうちに、宇野《うの》がいいんじゃないかと思《おも》った。

宇野《うの》は小《ちい》さくて弱虫《よわむし》だ。彼《かれ》に霊《れい》が憑《つ》けば、だれにも負《ま》けなくなる。そうだ、宇野《うの》がいい。

そう思《おも》った英治《えいじ》は、

「一人《ひとり》かっこうなのがいるぜ」

と、宇野《うの》の名前《なまえ》を口《くち》にした。

「じゃ、真《しん》に言《い》ってみます」

有季《ゆうき》はすぐに真之介《しんのすけ》に伝《つた》えた。

「よし。これで悪霊《あくりょう》と戦《たたか》える」

真之介《しんのすけ》は上機嫌《じょうきげん》になった。

それから一週間後《しゅうかんご》の朝《あさ》、東部中学《とうぶちゅうがく》の一階《かい》、二階《かい》の窓《まど》ガラスはみんな割《わ》られ、校庭《こうてい》には生徒《せいと》たちの椅子《いす》が並《なら》べられていた。

それは『シネ』と読《よ》めた。

生徒《せいと》たちは、それを見《み》て騒《さわ》ぎだした。

その日《ひ》、二週間《しゅうかん》ぶりに姿《すがた》をあらわした校長《こうちょう》の真《ま》辺《なべ》は、その様子《ようす》を見《み》るや否《いな》や、すぐに椅子《いす》を片《かた》づけるよう、教師《きょうし》と生徒《せいと》に命《めい》じた。それから、教頭《きょうとう》の上野《うえの》を校長室《こうちょうしつ》に呼《よ》ぶと、

「だれがやったか調《しら》べるんだ。犯人《はんにん》がわからなかったら、きみが責任《せきにん》を取《と》れ」

と言《い》った。

「どうしてわたしが責任《せきにん》を取《と》るのですか？」

上野《うえの》がきくと、

「きみは教頭《きょうとう》だからだ」

真辺《まなべ》は冷《つめ》たく言《い》った。

「そんな無茶《むちゃ》な。責任《せきにん》を取《と》るなら校長《こうちょう》のあなたでしょう。だいたい二週間《しゅうかん》も無断欠勤《むだんけっきん》をしておいて、その理由《りゆう》を説明《せつめい》してください」

上野《うえの》は怒《いか》りかえした。

「きみに理由《りゆう》を言《い》う必要《ひつよう》などない。とにかくこんなことは一人《ひとり》ではできん。集団《しゅうだん》でやったのだろう。わたしは、犯人《はんにん》は生徒《せいと》とみた。授業《じゅぎょう》はどうでもいいから、まず生徒《せいと》からはじめろ」

職員室《しょくいんしつ》に戻《もど》った上野《うえの》は、教務主任《きょうむしゅにん》の岡田《おかだ》に、

「犯人《はんにん》が見《み》つからなければ、おれの責任《せきにん》だと言《い》いやがった」

と、吐《は》きすてた。

「そんな無茶《むちゃ》な。今日《きょう》の校長《こうちょう》は明《あき》らかにおかしいです」

「おかしいのはわかっている。だが、校長《こうちょう》の命令《めいれい》である以上《いじょう》、仕方《しかた》ない。まず生徒《せいと》から調《しら》べよう。授業《じゅぎょう》は中止《ちゅうし》だ」

教頭《きょうとう》は今《いま》にもキレそうな顔《かお》で言《い》った。

教務主任《きょうむしゅにん》の岡田《おかだ》は、全職員《ぜんしょくいん》を集《あつ》めて、教室《きょうしつ》の掃除《そうじ》と校庭《こうてい》に出《だ》された椅子《いす》の撤去《てっきょ》を命《めい》じてから言《い》った。

「これは生徒《せいと》の犯罪《はんざい》と思《おも》われるので、犯人《はんにん》を見《み》つけてください」

「犯人《はんにん》は一人《ひとり》ですか？」

「一人《ひとり》ではできないでしょう。少《すく》なくとも数人《すうにん》はかかわっていると思《おも》います」

「それなら、警察《けいさつ》にまかせたらいいじゃないですか。わたしたちが生徒《せいと》を疑《うたが》うなんてできませんよ」

園田《そのだ》という教師《きょうし》が言《い》った。すると何人《なんにん》かがそれに同調《どうちょう》した。

「これは校長命令《こうちょうめいれい》だから、拒否《きょひ》することはできません」

「無断欠勤《むだんけっきん》していたくせに、出《で》てくるなりそんな無茶《むちゃ》なこと言《い》うなんて、校長《こうちょう》の方《ほう》がおかしいと思《おも》いませんか？」

「おかしいとはどういうことですか？」

岡田《おかだ》がきいた。

「この二週間《しゅうかん》の間《あいだ》に、校長《こうちょう》はすっかり変《か》わってしまったということです」

「それは園田《そのだ》くん、言《い》いすぎですよ」

岡田《おかだ》がたしなめると、

「岡田先生《おかだせんせい》だって、内心《ないしん》はそう思《おも》っているでしょう。本当《ほんとう》のことを言《い》ってください」

園田《そのだ》が逆《ぎゃく》に問《と》いつめたので、

「そうだ、そうだ」

教師《きょうし》たちが騒《さわ》ぎだした。

「すると、この命令《めいれい》は承服《しょうふく》できないということですね」

「そうです。校長《こうちょう》の命令《めいれい》には従《したが》えません。なぜなら、昨夜《さくや》の事件《じけん》は生徒《せいと》が起《お》こしたものではないと思《おも》うからです」

園田《そのだ》が言《い》うと、半分以上《はんぶんいじょう》の教師《きょうし》がそれに賛同《さんどう》した。

「それでは、このことを教頭先生《きょうとうせんせい》に申《もう》し上《あ》げますが、いいですね？」

岡田《おかだ》が念《ねん》を押《お》すと、ほとんどの教師《きょうし》が、

「構《かま》いません。一番疑《いちばんうたが》わしいのは校長《こうちょう》だと言《い》ってください」

と言《い》った。

岡田《おかだ》は職員室《しょくいんしつ》を出《で》ると、教頭《きょうとう》の上野《うえの》のところに行《い》った。

「教師《きょうし》の大半《たいはん》は校長《こうちょう》の命令《めいれい》には従《したが》えない。疑《うたが》わしいのは校長《こうちょう》だと言《い》っています」

「そんなこと、校長《こうちょう》に言《い》えますか」

上野《うえの》は頭《あたま》を抱《かか》えた。

「では警察《けいさつ》に言《い》いましょう。どうせわかることですから」

岡田《おかだ》はそう言《い》うと、地元《じもと》の警察《けいさつ》に電話《でんわ》した。

六章《しょう》　最後《さいご》の決戦《けっせん》

1

英治《えいじ》から広樹《ひろき》の背後霊《はいごれい》が宇野《うの》に取《と》り憑《つ》いたと聞《き》かされた貢《みつぐ》は、さっそく宇野《うの》に会《あ》いにいった。

宇野《うの》は英治《えいじ》、相原《あいはら》、安永《やすなが》と比《くら》べると、小柄《こがら》でやさしいので、貢《みつぐ》は好《す》きである。

宇野《うの》に会《あ》ってみると、すでに霊《れい》が憑《つ》いているようで、

「校長《こうちょう》は今日《きょう》から学校《がっこう》に出《で》てくる。『フィレンツェ』にもやってくるだろう。ただし、以前《いぜん》の校長《こうちょう》だと思《おも》ったら大間違《おおまちが》いだ。悪魔《あくま》だと思《おも》わなくてはならない」

と、淡々《たんたん》と言《い》った。

「じゃ、どうすればいいんですか？」

「そのときは、ぼくも『フィレンツェ』に行《い》くけど、校長《こうちょう》には、ニンニクを山《やま》ほど入《い》れたペペロンチーノを出《だ》すんだ」

「ニンニクですか？」

貢《みつぐ》は驚《おどろ》いてききなおした。

「そうだよ。校長《こうちょう》に取《と》り憑《つ》いた悪霊《あくりょう》はニンニクが大《だい》の苦手《にがて》なんだ。だから、ニンニクを食《た》べると、その臭《にお》いでやつは離《はな》れていってしまう。それが弱点《じゃくてん》だ」

「へえ、それはいいことを聞《き》きました」

貢《みつぐ》は急《きゅう》に元気《げんき》が出《で》てきた。


その日《ひ》の午後《ごご》、宇野《うの》が有季《ゆうき》たちといっしょに『フィレンツェ』で待《ま》っていると、校長《こうちょう》の真辺《まなべ》がやってきた。

「また事件《じけん》が起《お》きたよ」

真辺《まなべ》は有季《ゆうき》の顔《かお》を見《み》て言《い》った。

「今度《こんど》は何《なん》ですか？」

有季《ゆうき》がきくと、

「学校《がっこう》のガラスを割《わ》られた」

真辺《まなべ》が渋《しぶ》い顔《かお》をして言《い》った。

「それはひどい目《め》にあいましたね」

有季《ゆうき》は知《し》っていたが、とぼけて言《い》った。

「それだけじゃない。教室《きょうしつ》から生徒《せいと》たちの椅子《いす》を校庭《こうてい》に持《も》ちだして、『シネ』と並《なら》べたんだよ。ふざけてると思《おも》わないかね」

「たしかにそう思《おも》います」

有季《ゆうき》は笑《わら》いをこらえて言《い》った。

「わたしは、犯人《はんにん》は生徒《せいと》だと思《おも》う。そこで調《しら》べろと言《い》ったのだが、それはできないと教師《きょうし》たちがボイコットした。けしからんと思《おも》わないかね」

「たしかにそう思《おも》います」

「校長先生《こうちょうせんせい》、うちの一番人気《いちばんにんき》のパスタを召《め》しあがりませんか。ぼくが考《かん》えた特別製《とくべつせい》です」

貢《みつぐ》が言《い》った。

「それはぜひ食《た》べたい。ちょうど腹《はら》も減《へ》ってきたし」

「わたしにも作《つく》って」

有季《ゆうき》が言《い》うと、宇野《うの》が、「ぼくも食《た》べたい」と言《い》った。

「それでは今《いま》から作《つく》ります」

貢《みつぐ》はニンニクをたっぷり入《い》れたソースを作《つく》ると、パスタにからめて、テーブルに運《はこ》んできた。

それを一口《ひとくち》食《た》べた宇野《うの》は、

「うまい。食《た》べたことのない味《あじ》だ。アッシー、腕《うで》を上《あ》げたな」

と、派手《はで》にほめた。

「それではわたしもごちそうになるか」

真辺《まなべ》はフォークにたくさんのパスタを巻《ま》きつけて口《くち》に運《はこ》んだ。すると、とたんに、ウッと言《い》って体《からだ》をふるわせた。

「校長先生《こうちょうせんせい》、どうかしましたか？」

貢《みつぐ》がきくと、

「いや。どうもしない」

宇野《うの》が貢《みつぐ》の耳《みみ》に口《くち》を寄《よ》せて、

「悪霊《あくりょう》が逃《に》げていったぞ」

と、ささやいた。

貢《みつぐ》がにっこりすると、真辺《まなべ》は周《まわ》りを見回《みまわ》して、

「ここはどこだ？」と、不安《ふあん》そうな顔《かお》で言《い》った。

「先生《せんせい》、いやですよ。ここは『フィレンツェ』です」

有季《ゆうき》が言《い》うと、

「そうだ。そうだった。わたしとしたことが……」

真辺《まなべ》は苦笑《にがわら》いをすると、再《ふたた》びパスタをうまそうに食《た》べはじめた。

「先生《せんせい》、今朝《けさ》学校《がっこう》で起《お》きたこと、ご存知《ぞんじ》ですか？」

宇野《うの》がきいた。

「いや、知《し》らない。何《なに》が起《お》きたんだ？」

「校舎《こうしゃ》の窓《まど》ガラスが割《わ》られて、校庭《こうてい》に椅子《いす》が放《ほう》りだされていました」

「そんなことがあったのか。わたしは知《し》らん」

「やっぱり」

宇野《うの》は有季《ゆうき》と顔《かお》を見《み》あわせた。

「わたしはどうしたのだ？」

真辺《まなべ》は宇野《うの》にきいた。

「校長先生《こうちょうせんせい》は悪霊《あくりょう》に取《と》り憑《つ》かれていたのです。だから、その間《あいだ》のことは何《なに》も覚《おぼ》えていないはずです。ただし、今《いま》は悪霊《あくりょう》が離《はな》れて、元《もと》の校長先生《こうちょうせんせい》に戻《もど》りましたので安心《あんしん》してください」

「どうしてそんなことになったんだ？」

「古谷先生《ふるやせんせい》に取《と》り憑《つ》いていた悪霊《あくりょう》が校長先生《こうちょうせんせい》に乗《の》りうつったのです。なぜそうなったかはわかりませんが」

「そんなことがあるのか？」

真辺《まなべ》の顔色《かおいろ》が変《か》わった。

「あるのです。理由《りゆう》はわかりませんが」

「わたしはどうしたらいい？」

「今《いま》は元《もと》の校長先生《こうちょうせんせい》ですが、もう少《すこ》しすると、また悪霊《あくりょう》に取《と》り憑《つ》かれるかもしれません」

「もう二度《にど》と取《と》り憑《つ》かれたくない。なんとかならんか？」

真辺《まなべ》は声《こえ》を震《ふる》わせて言《い》った。

「こればかりは、わたしたちの力《ちから》ではなんともなりません」

「わたしは悪霊憑《あくりょうつ》きなどいやだ」

真辺《まなべ》が身《み》をよじって泣《な》くので、有季《ゆうき》は見《み》ているのがつらくなった。

「かならずお救《すく》いしますから、しばらくご辛抱《しんぼう》ください」

貢《みつぐ》は、宇野《うの》の言葉《ことば》がいかにも頼《たの》もしく思《おも》えた。

2

翌日《よくじつ》、学校《がっこう》にあらわれた真辺《まなべ》は校長室《こうちょうしつ》に入《はい》ると、教頭《きょうとう》の上野《うえの》を呼《よ》びつけた。

「岡田《おかだ》くんを呼《よ》んできなさい」

真辺《まなべ》に言《い》われて、上野《うえの》は教務主任《きょうむしゅにん》の岡田《おかだ》を連《つ》れてきた。

「きみら二人《ふたり》が校舎《こうしゃ》の窓《まど》ガラスを割《わ》り、校庭《こうてい》に椅子《いす》を持《も》ちだしたのだろう。正直《しょうじき》に言《い》いたまえ」

真辺《まなべ》が問《と》いつめると、

「わたしたちがやったなんて、とんでもないことをおっしゃいますね。わたしたちは天地神明《てんちしんめい》に誓《ちか》ってやっていません」

上野《うえの》ははっきりと言《い》った。

「きみがそう言《い》っても、防犯《ぼうはん》カメラに映《うつ》っているのだ」

「それなら、その映像《えいぞう》を見《み》せてください」

上野《うえの》が言《い》うと、

「それでは見《み》せてやろう。これがそうだ」

真辺《まなべ》は、防犯《ぼうはん》カメラがとらえた映像《えいぞう》のプリントアウトを二人《ふたり》の前《まえ》に出《だ》した。

そこには黒服《くろふく》の二人組《ふたりぐみ》が、校舎《こうしゃ》の窓《まど》ガラスを棒《ぼう》で割《わ》っている姿《すがた》が写《うつ》っていた。

「この二人《ふたり》がわれわれだという証拠《しょうこ》があるんですか？」

岡田《おかだ》が言《い》った。

「これは明《あき》らかに大人《おとな》だ。生徒《せいと》ではない」

「それはわかりますが、なぜこの二人《ふたり》がわれわれだと言《い》えるんですか？」

上野《うえの》がつっこむと、

「この背格好《せかっこう》はきみらにそっくりだ」

と、真辺《まなべ》は言《い》いはった。

「そっくりとは思《おも》えませんが……」

「うるさい！　こんなことをやるのはきみたちしかいないんだ」

「なぜわれわれだと断定《だんてい》できるのですか？　その理由《りゆう》を聞《き》かせてください」

岡田《おかだ》が言《い》った。

「聞《き》きたければ聞《き》かせてやろう。きみたちがわたしを失脚《しっきゃく》させるためにやったのだ」

「校長先生《こうちょうせんせい》を失脚《しっきゃく》させて、われわれに何《なん》の得《とく》があるんですか？」

上野《うえの》が言《い》うと、

「わたしを失脚《しっきゃく》させて、きみが校長《こうちょう》になるためだ」

真辺《まなべ》が上野《うえの》を指《ゆび》さした。

「ばかばかしくて話《はなし》にもなりません。わたしは校長《こうちょう》になろうなんて、これっぽっちも考《かんが》えたことはありません」

「うそを言《い》うな。わたしのところに手紙《てがみ》が来《き》ている。教頭《きょうとう》に注意《ちゅうい》しろ。次《つぎ》の校長《こうちょう》の座《ざ》をねらっている。どうだ。これでもシラを切《き》るつもりかね？」

「そんな手紙《てがみ》はだれかのでっち上《あ》げです。わたしを信《しん》じてください。校長先生《こうちょうせんせい》を裏切《うらぎ》るようなことは絶《ぜっ》対《たい》しません」

上野《うえの》は真剣《しんけん》な顔《かお》で頭《あたま》を下《さ》げた。

「信《しん》じてもいいんだな？」

「もちろんです」

「では、犯人《はんにん》を捜《さが》して連《つ》れてきたまえ。もしそれができなかったら、きみたちだと断定《だんてい》する。いいかね？」

「たとえ犯人《はんにん》が見《み》つからなくても、わたしたちは絶対《ぜったい》やっていません。それだけは信《しん》じてください」

「そんな言《い》い訳《わけ》など聞《き》きたくない。もういい。捜《さが》す気《き》がないのなら、早《はや》く出《で》ていきたまえ」

真辺《まなべ》は二人《ふたり》を校長室《こうちょうしつ》から追《お》いだすと、校内放送《こうないほうそう》をはじめた。

『教師《きょうし》ならびに生徒諸君《せいとしょくん》、本校《ほんこう》のガラス窓《まど》を割《わ》った犯人《はんにん》がわかったのでお知《し》らせします。犯人《はんにん》は本校《ほんこう》の教師《きょうし》である、教頭《きょうとう》の上野《うえの》と教務主任《きょうむしゅにん》の岡田《おかだ》であります。本日付《ほんじつづけ》で両名《りょうめい》は辞職《じしょく》させます。以上《いじょう》』

放送《ほうそう》をして間《ま》もなく上野《うえの》と岡田《おかだ》が校長室《こうちょうしつ》に駆《か》けこんできた。

「あの放送《ほうそう》は何《なん》ですか？」

上野《うえの》が、真辺《まなべ》を怒鳴《どな》りつけると、

「きみたちはもう本校《ほんこう》の職員《しょくいん》ではないのだから、勝手《かって》に校長室《こうちょうしつ》に入《はい》ってくるな。すぐ出《で》ていかないと、警備員《けいびいん》に言《い》って追《お》いだしてもらうぞ」

真辺《まなべ》は机《つくえ》の上《うえ》の電話機《でんわき》の受話器《じゅわき》を上《あ》げた。

「この人《ひと》はどうかしている。行《い》こう」

上野《うえの》は岡田《おかだ》をうながして、校長室《こうちょうしつ》を出《で》ると、職員室《しょくいんしつ》にもどって、

「今《いま》の放送《ほうそう》を聞《き》いてわかったと思《おも》うが、校長《こうちょう》がおかしくなった。どうしたらいいかみんなで話《はな》しあおう」

と、教師《きょうし》たちに声《こえ》をかけた。すると、

「校長《こうちょう》には悪霊《あくりょう》が取《と》り憑《つ》いたのです」

古谷《ふるや》が言《い》った。

「どうしてそんなことが言《い》える？」

岡田《おかだ》がきくと、

「わたしに取《と》り憑《つ》いた悪霊《あくりょう》が校長《こうちょう》に乗《の》りうつったのです。これから何《なに》をするかわかりませんよ」

古谷《ふるや》が心配《しんぱい》そうに周《まわ》りを見《み》まわした。

「では、どうすればいいんだ？」

「わたしに考《かんが》えがあります」

古谷《ふるや》はポケットからスマホを取《と》りだすと、有季《ゆうき》に連絡《れんらく》した。

「もしもし、古谷《ふるや》です。校長《こうちょう》が暴《あば》れだしました。どうしたらいいか、何《なに》かいい方法《ほうほう》を教《おし》えてください」

「何《なに》をしたのですか？」

有季《ゆうき》がきいた。

「昨日《きのう》、学校《がっこう》の窓《まど》ガラスを破《やぶ》り、生徒《せいと》の椅子《いす》を持《も》ちだして『シネ』と校庭《こうてい》に並《なら》べた犯人《はんにん》が、教頭《きょうとう》と教務《きょうむ》

主任《しゅにん》だと断定《だんてい》し、クビを言《い》いわたしたんです」

「お二人《ふたり》はやっていないんですね？」

「もちろんです。犯人《はんにん》は校長《こうちょう》ではないかと思《おも》います」

「わかりました。折《お》り返《かえ》しお返事《へんじ》しますから、少《すこ》しお待《ま》ちください」

スマホを切《き》った古谷《ふるや》が、

「間《ま》もなく返事《へんじ》をくれるそうです」

と言《い》ったので、みんなの顔《かお》が少《すこ》し明《あか》るくなった。

3

『フィレンツェ』にいた有季《ゆうき》は、スマホを切《き》ると貢《みつぐ》に言《い》って、宇野《うの》を呼《よ》んでもらった。

宇野《うの》は一時間《じかん》もしないうちにやってきた。

「校長先生《こうちょうせんせい》が暴《あば》れだしたそうです。なにか方法《ほうほう》がありますか？」

貢《みつぐ》がきいた。

「何《なに》をやったんだ？」

宇野《うの》にきかれて、貢《みつぐ》は古谷《ふるや》が話《はな》したとおりのことを言《い》った。

「そいつは校長《こうちょう》がやったんだろう」

「ということは、また取《と》り憑《つ》かれてしまったんですか？」

「残念《ざんねん》だが、そうだろう。また、校長《こうちょう》のところに戻《もど》ってきたんだな。しかし、罪《つみ》を教頭《きょうとう》たちになすりつけるとはさすが悪霊《あくりょう》だ。手《て》がこんでいる」

「悪霊《あくりょう》をやっつけるいい方法《ほうほう》はありますか？」

「校長《こうちょう》に取《と》り憑《つ》いているのは悪霊《あくりょう》だからな。この前《まえ》みたいにニンニクを使《つか》えば、追《お》いはらえないことはない」

宇野《うの》が言《い》った。

「教師《きょうし》たちは困《こま》っています。一刻《いっこく》も早《はや》く、ニンニクを使《つか》って追《お》いはらいましょう」

「でも、それなら前《まえ》にもニンニクたっぷりのペペロンチーノを食《た》べさせたじゃない？　なんで、また校《こう》長先生《ちょうせんせい》は取《と》り憑《つ》かれてしまったんですか？」

有季《ゆうき》は疑問《ぎもん》に思《おも》った。

「そうなんだ。これには、ひとつ問題《もんだい》があるんだ」

「問題《もんだい》って、なんですか？」

「ニンニクの臭《にお》いがしている間《あいだ》は離《はな》れるけど、臭《にお》いが消《き》えれば、すぐにまた戻《もど》ってしまう。他《ほか》のだれかに取《と》り憑《つ》いてしまうこともある」

「だれかって、だれですか？」

「それはわからない。取《と》り憑《つ》かれないためには、みんなが常《つね》にニンニクを身《み》につけていなければならない」

「えーっ！　じゃ、どうすればいいんですか？」

有季《ゆうき》が鼻《はな》をつまんだ。

「まずはニンニク入《い》りのカレーライスでも食《く》わせて追《お》いだそう。アッシー、作《つく》れるか？」

「そんなことなら簡単《かんたん》です。でも、また取《と》り憑《つ》かれないようにしなくちゃいけませんよね？」

「そうだ。だから、校長《こうちょう》にはその後《あと》もニンニクの塊《かたまり》を持《も》たせておこう」

宇野《うの》が言《い》うと、

「校長先生《こうちょうせんせい》はそれでいいとしても、他《ほか》の人《ひと》のところに悪霊《あくりょう》が行《い》くかもしれないですよね？」

有季《ゆうき》がきいた。

「うん。だから、校長《こうちょう》に近《ちか》い人《ひと》はみんなニンニクを食《た》べた方《ほう》がいい」

「じゃ、早《はや》くそれを伝《つた》えなくちゃ」

有季《ゆうき》はそう言《い》うと、知《し》っている古谷《ふるや》に連絡《れんらく》した。

「もしもし、有季《ゆうき》です。急《きゅう》なことですが、これから校長先生《こうちょうせんせい》の悪霊《あくりょう》を追《お》いはらいます。その時《とき》に先生《せんせい》たちに悪霊《あくりょう》が乗《の》りうつるといけないので、全員《ぜんいん》にニンニクを食《た》べるように伝《つた》えてください。わたしの言《い》うことを信《しん》じて、全員《ぜんいん》にですよ」

「わかりました。みんなに言《い》います」

古谷《ふるや》は、自分《じぶん》が取《と》り憑《つ》かれたこともあって悪霊《あくりょう》を信《しん》じているので、有季《ゆうき》の言《い》うことを素直《すなお》にきいた。

「これでいいな。先生《せんせい》に取《と》り憑《つ》けなかったら、次《つぎ》はだれだ？」

もし自分《じぶん》だったらと、ふと思《おも》った貢《みつぐ》は、厨房《ちゅうぼう》からニンニクを取《と》りだして一口《ひとくち》かじると、有季《ゆうき》に渡《わた》して、

「有季《ゆうき》もかじっといた方《ほう》がいいぜ」

と言《い》ったが、

「わたしはアッシーの作《つく》ったカレーをいただくから結構《けっこう》です」

有季《ゆうき》はすぐに突《つ》きかえした。

「それなら有季《ゆうき》はいいが、ニンニクを食《く》わない教師《きょうし》がいたら、そいつに取《と》り憑《つ》くかもしれないぞ」

宇野《うの》がぼそっと言《い》った。

宇野《うの》が恐《おそ》れていたとおり、悪霊《あくりょう》のことをばかにしてニンニクを食《た》べなかった教師《きょうし》が三人《にん》いたと、古谷《ふるや》から有季《ゆうき》に連絡《れんらく》があった。

「その中《なか》のだれかに悪霊《あくりょう》は取《と》り憑《つ》く」

宇野《うの》が断言《だんげん》したので、有季《ゆうき》はそのことを古谷《ふるや》に話《はな》した。

4

宇野《うの》の予言《よげん》どおり、三年《ねん》一組《くみ》の担任《たんにん》、鳥山《とりやま》に悪霊《あくりょう》が取《と》り憑《つ》いたと校長《こうちょう》の真辺《まなべ》から有季《ゆうき》に連絡《れんらく》があった。

「アッシー、今度《こんど》は三年《ねん》一組《くみ》の担任《たんにん》の鳥山先生《とりやませんせい》がおかしくなったって」

「ニンニクを食《た》べなかったんだろう？」

貢《みつぐ》が言《い》った。

「そうらしいわ」

「有季《ゆうき》も食《た》べておいてよかったな」

貢《みつぐ》に言《い》われて、有季《ゆうき》は思《おも》わず口《くち》を閉《と》じた。

「これで、悪霊《あくりょう》が嫌《きら》いなものはわかったけど、悪霊《あくりょう》の好《す》きなものもあるのかな？」

「ハチミツらしい」

「変《へん》なの」

有季《ゆうき》は笑《わら》いだした。

「何《なに》がおかしい？」

「だって、嫌《きら》いなものがニンニクで好《す》きなものがハチミツなんて、おかしな悪霊《あくりょう》」

有季《ゆうき》が笑《わら》いつづけていると、真辺《まなべ》から電話《でんわ》が入《はい》った。

「何《なに》がおかしいんだ？」

真辺《まなべ》がきいた。

「だってニンニクが嫌《きら》いでハチミツが好《す》きだっていうんですもの」

「ハチミツが好《す》きなのかどうかはわたしにはわからんが、あの悪霊《あくりょう》は恐《おそ》ろしい。次《つぎ》は鳥山《とりやま》くんに憑《つ》いたようだ」

「校長先生《こうちょうせんせい》は、本当《ほんとう》に悪霊《あくりょう》を信《しん》じているんですか？」

「わたしは二度《ど》もやられたから信《しん》じている。これは取《と》り憑《つ》かれた者《もの》でないとわからん。きみもばかにしているとやられるぞ」

「鳥山先生《とりやませんせい》はどんな様子《ようす》なんですか？」

「校長《こうちょう》を殺《ころ》すと言《い》ってるらしい」

真辺《まなべ》が震《ふる》える声《こえ》でそう言《い》うと、ガシャンと電話《でんわ》が切《き》れた。すると、

『今度《こんど》はおまえの番《ばん》だ』

有季《ゆうき》のスマホにメールが入《はい》った。

スマホの画面《がめん》を貢《みつぐ》に見《み》せたとき、真之介《しんのすけ》から電話《でんわ》がかかってきた。

「今《いま》からそこに行《い》く。スマホにメールが来《き》てもどこにも行《い》くんじゃないぞ」

「それ、どういうこと？」

「やつはスマホで連絡《れんらく》してくるようだ」

それから十分《ぶん》ほどして真之介《しんのすけ》と宇野《うの》がやってきた。

「まだメールしてこないか?」

「どこからもない」

有季《ゆうき》が言《い》ったとき、スマホにメールが入《はい》った。

『すぐ学校《がっこう》に来《き》てくれ。緊急事態《きんきゅうじたい》だ。真辺《まなべ》』

「これは有季《ゆうき》を誘《さそ》いだすためのメールだ」

真之介《しんのすけ》の言葉《ことば》を聞《き》いて、有季《ゆうき》は身震《みぶる》いした。

「間違《まちが》いなく行《い》くところだったわ」

「危《あぶ》なかったな。行《い》ったらどうなっていたかわからない」

真之介《しんのすけ》は宇野《うの》と顔《かお》を見《み》あわせた。

「そう言《い》えば、悪霊《あくりょう》って、ハチミツが好《す》きなの?」

「ハチミツと言《い》ってもマヌカ・ハニーだ。これはニュージーランドで採《と》れる高価《こうか》なハチミツだ」

真之介《しんのすけ》が言《い》った。

「じゃ、それを手《て》に入《い》れておびき寄《よ》せようよ」

「おびき寄《よ》せても捕《つか》まえることはできない。相手《あいて》は霊《れい》だからな。もちろん殺《ころ》すこともできない」

「そうか。霊《れい》だから捕《つか》まえることも殺《ころ》すこともできないのか。それじゃ、どうしようもないじゃないか」

貢《みつぐ》が両手《りょうて》を上《あ》げた。

「だから、むかしの人《ひと》は怨霊《おんりょう》を鎮《しず》めるのに苦労《くろう》したんだ」

宇野《うの》が言《い》うと、

「すると、今度《こんど》の悪霊《あくりょう》はどこから来《き》たんですか？」

有季《ゆうき》がきいた。

「こいつは数百年前《すうひゃくねんまえ》にツボに閉《と》じこめられて、海《うみ》の底《そこ》に沈《しず》められていたのを、間違《まちが》って漁師《りょうし》が網《あみ》で引《ひ》きあげ、割《わ》ってしまったことで出《で》てきたのだと考《かんが》えられる」

「それに似《に》たような話《はなし》がアラビアンナイトにもあったわ。読《よ》んだことがあります。あの話《はなし》は、最後《さいご》に魔《ま》神《じん》をツボの中《なか》に入《い》れてしまうんじゃなかったかな」

有季《ゆうき》が言《い》った。

「そうだよ。だから今度《こんど》の悪霊《あくりょう》もツボに閉《と》じこめて海《うみ》の底《そこ》に沈《しず》めればいいんだが、その方法《ほうほう》が見《み》つからない」

真之介《しんのすけ》が首《くび》を振《ふ》った。

「あの悪霊《あくりょう》、ハチミツが好《す》きなんでしょう？」

「そうだ。ただしマヌカ・ハニーだ」

「そのハチミツ、手《て》に入《はい》るの？」

「デパートで売《う》っている」

「それじゃ、買《か》いましょう」

「高《たか》いぞ」

「いくら高《たか》くたって、それで悪霊《あくりょう》をやっつけることができたら安《やす》いものだわ」

「よし、だったらマヌカ・ハニーを買《か》ってきてくれ」

「いいわ。アッシー、すぐにデパートに行《い》って買《か》ってきて。いくら持《も》っていけばいいの？」

有季《ゆうき》が言《い》った。

「一万円札《いちまんえんさつ》を持《も》っていけばいいだろう」

真之介《しんのすけ》の言葉《ことば》を半分《はんぶん》も聞《き》かず、

「よし、では行《い》ってくる」

貢《みつぐ》はレジから一万円札《いちまんえんさつ》を一枚《まい》出《だ》すと、にぎりしめて飛《と》びだしていった。

「行動《こうどう》が早《はや》いな」

宇野《うの》が言《い》うと、

「探偵事務所《たんていじむしょ》はこうでなくちゃ」

有季《ゆうき》はちょっと得意《とくい》そうな顔《かお》をした。

「そうだ。せっかく招待《しょうたい》されたんだから、わたしがハチミツを持《も》っていこうかしら」

「それは危険《きけん》だ。よしたほうがいい」

真之介《しんのすけ》がすかさず言《い》った。

「虎穴《こけつ》に入《い》らずんば虎子《こじ》を得《え》ずっていうことわざ知《し》ってる？」

「知《し》ってるさ。そのくらい」

「それよ。アッシーが帰《かえ》ってきたら、ハチミツを持《も》って行《い》ってくる」

「有季《ゆうき》は悪霊《あくりょう》の怖《こわ》さを知《し》らないんだ。敵《てき》は有季《ゆうき》が考《かんが》えているほどあまくはない。行《い》けば、有無《うむ》を言《い》わさず監禁《かんきん》されてしまうぞ」

「監禁《かんきん》なんてされないわよ」

「きみは自由《じゆう》を奪《うば》われ、それから始《はじ》められるのは、思想《しそう》の弾圧《だんあつ》だ。きみは転向《てんこう》するまで拷問《ごうもん》を受《う》ける」

「それはちょっと大《おお》げさじゃない。転向《てんこう》って何《なに》よ？」

「魔女《まじょ》にされる」

「わたしが魔女《まじょ》になるって言《い》うの？」

有季《ゆうき》は笑《わら》いだした。

「笑《わら》っているけど、あいつらにしたら、有季《ゆうき》を転向《てんこう》させるくらいわけはない」

「わたしは変《か》わらないよ」

「そう言《い》っている人間《にんげん》ほど、拷問《ごうもん》を受《う》ければ変《か》わってしまうんだ。そんな例《れい》はいくらでもある。だから行《い》ってはいけない」

「ぼくも真《しん》の意見《いけん》に賛成《さんせい》だ。だから、ぼくが代《か》わりに行《い》く。ぼくならだいじょうぶだ」

宇野《うの》が言《い》った。

「それで結論《けつろん》が出《で》たな。有季《ゆうき》は行《い》くのはよせ」

そこに、貢《みつぐ》がハチミツを大事《だいじ》そうに提《さ》げて帰《かえ》ってきた。

「せっかく買《か》ってきてもらったのに、無駄《むだ》になっちゃうわね」

有季《ゆうき》が言《い》うと、真之介《しんのすけ》が、

「このハチミツを使《つか》うときは必《かなら》ず来《く》る。大切《たいせつ》にしまっておけばいい」

と言《い》った。

「それじゃ、行《い》くのはやめるわ。悔《くや》しいけど」

有季《ゆうき》は頭《あたま》をかきむしった。

5

あれだけみんなに行《い》くなと言《い》われたのに、有季《ゆうき》はみんなが帰《かえ》るのを見計《みはか》らって、貢《みつぐ》が買《か》ってきたマヌカ・ハニーを小瓶《こびん》にこっそり詰《つ》めると、『フィレンツェ』の帰《かえ》りに東部中学《とうぶちゅうがく》に向《む》かった。

校舎《こうしゃ》に入《はい》ると一人《ひとり》の女性教師《じょせいきょうし》に出会《であ》った。

「どこに行《い》くの？」

その教師《きょうし》が有季《ゆうき》に尋《たず》ねた。

「校長先生《こうちょうせんせい》のところです」

「校長先生《こうちょうせんせい》に何《なん》の用《よう》があるの？」

「校長先生《こうちょうせんせい》に呼《よ》ばれて来《き》ました」

「それじゃ、わたしが案内《あんない》してあげる。校長先生《こうちょうせんせい》は今《いま》、校長室《こうちょうしつ》にいらっしゃらないから」

そう言《い》われて、有季《ゆうき》がついて行《い》くと、

「校長先生《こうちょうせんせい》はここにいらっしゃるわ」

と言《い》われて、美術室《びじゅつしつ》に案内《あんない》されたが、そこに真辺《まなべ》の姿《すがた》はなかった。

有季《ゆうき》が戸惑《とまど》っていると、

「すぐにみえるから、待《ま》っていて」

その教師《きょうし》が言《い》った。

おかしいと思《おも》ったとき口《くち》をハンカチでふさがれ、

意識《いしき》がなくなった。

貢《みつぐ》が、有季《ゆうき》がいないのに気《き》づいたのは、みんなが帰《かえ》って十分《ぶん》もしないころだ。

いつもなら、家《いえ》に帰《かえ》るときは一言《ひとこと》、声《こえ》をかけてくれるのに、今日《きょう》は何《なに》も言《い》わなかった。

あわてて家《いえ》に電話《でんわ》してみたが、案《あん》の定《じょう》、帰《かえ》っていなかった。

それなら、東部中学《とうぶちゅうがく》に行《い》ったにちがいない。

貢《みつぐ》はひらめいた。

さっき、みんなに説得《せっとく》されて、納得《なっとく》したのかと思《おも》ったが、そうじゃなかったようだ。

貢《みつぐ》は反射的《はんしゃてき》に英治《えいじ》にスマホで連絡《れんらく》した。

「なにかあったのか？」

いつもの英治《えいじ》の声《こえ》だ。

「有季《ゆうき》がいなくなりました。ぼくが、悪霊《あくりょう》の好物《こうぶつ》だというハチミツを買《か》って帰《かえ》ってきてからわずかの時間《じかん》です。東部中学《とうぶちゅうがく》に行《い》ったんじゃないかと思《おも》うんです」

「そうか。そのハチミツはそこにあるのか？」

「ありますが、少《すこ》し減《へ》ってます。多分《たぶん》、有季《ゆうき》が持《も》っていったんだと思《おも》います」

「では、すぐに東部中学《とうぶちゅうがく》に行《い》く。アッシーも真《しん》を呼《よ》んで、ハチミツを持《も》ってくるんだ。裏門《うらもん》で待《ま》ちあわせしよう」

「わかりました。すぐに出《で》かけます」

貢《みつぐ》と真之介《しんのすけ》が東部中学《とうぶちゅうがく》の裏門《うらもん》に着《つ》くと、そこには英治《えいじ》をはじめ、相原《あいはら》、安永《やすなが》、宇野《うの》、日比野《ひびの》、柿沼《かきぬま》、久美子《くみこ》、ひとみなど、仲間《なかま》が十人以上《にんいじょう》いた。全員《ぜんいん》がニンニクのにおいをぷんぷんさせている。

「今《いま》、アッシーが来《く》る前《まえ》にちょっと校内《こうない》をのぞいてみたんだけど、教師《きょうし》がどこにもいないんだ」

英治《えいじ》が言《い》った。

「生徒《せいと》はいるんですか？」

「いる、いる。教室《きょうしつ》で騒《さわ》いでいるから、きいてみたら、今日《きょう》は自習《じしゅう》だそうだ」

「先生《せんせい》はどうしたんでしょうね？」

貢《みつぐ》がきいた。

「悪霊《あくりょう》にやられたんじゃないか」

日比野《ひびの》が言《い》った。

「やられたって？」

「殺《ころ》されはしないだろう。どこかの教室《きょうしつ》に監禁《かんきん》されているんじゃないかと思《おも》う。監禁《かんきん》したのは悪霊《あくりょう》に取《と》り憑《つ》かれている鳥山《とりやま》だ」

宇野《うの》がはっきりと言《い》った。

「じゃ、校長先生《こうちょうせんせい》はどこにいるんですか？」

「校長室《こうちょうしつ》に監禁《かんきん》されている。これも鳥山《とりやま》がやったんだ」

「有季《ゆうき》もいなくなってるんですが……」

「ここに来《き》たんだとしたら、鳥山《とりやま》の仕業《しわざ》以外《いがい》に考《かんが》えられないだろう」

「どうやって救《すく》いだせばいいんだ？」

貢《みつぐ》がきくと、

「相手《あいて》は悪霊《あくりょう》だからな。勝《か》つのは容易《ようい》ではない」

真之介《しんのすけ》が言《い》った。

「心配《しんぱい》だな。おれが見《み》てくるか」

安永《やすなが》の表情《ひょうじょう》がかわった。

「安永《やすなが》が行《い》くなら、おれも行《い》く」

柿沼《かきぬま》が言《い》った。

「かんしゃく玉《だま》を持《も》ってきたから、持《も》っていけ」

花火屋《はなびや》の息子《むすこ》の立石《たていし》が、かんしゃく玉《だま》を安永《やすなが》にわたした。

「これは役《やく》に立《た》つぞ」

安永《やすなが》は半分《はんぶん》を柿沼《かきぬま》にわたすと、

「よし、では行《い》ってくる」

と言《い》って出《で》かけていったが、いつまで経《た》っても帰《かえ》ってこなかった。

みんなで心配《しんぱい》していると二人《ふたり》は帰《かえ》ってきたが、

「教師《きょうし》がどこにもいない。有季《ゆうき》もだ」

と、さえない表情《ひょうじょう》で言《い》った。

「有季《ゆうき》は美術室《びじゅつしつ》だ」

宇野《うの》が唐突《とうとつ》に言《い》った。

「美術室《びじゅつしつ》なら見《み》たが、いなかったぜ」

安永《やすなが》が言《い》うと、

「あそこに彫像《ちょうぞう》があったろう。そのひとつにされているんだ。鳥山《とりやま》は校長室《こうちょうしつ》にいる」

「よし、それなら、おれとカッキーが校長室《こうちょうしつ》をかんしゃく玉《だま》で攻撃《こうげき》する。その間《あいだ》にみんなは監禁《かんきん》されている有季《ゆうき》と教師《きょうし》たちを解放《かいほう》してくれ」

安永《やすなが》が言《い》った。

「アッシー、ハチミツは持《も》ってきたたな?」

「はい」

貢《みつぐ》の返事《へんじ》を受《う》けて、

「久美子《くみこ》、攻撃《こうげき》する前《まえ》に、ハチミツを校長室《こうちょうしつ》に持《も》っていってくれないか？　マヌカ・ハニーだと言《い》えば、鳥山《とりやま》は喜《よろこ》んでなめるはずだ」

宇野《うの》が久美子《くみこ》に頼《たの》んだ。

「マヌカ・ハニーね。いいわ。やってみる。まかせといて」

久美子《くみこ》は動《どう》じるそぶりも見《み》せない。

「さすがですね」

真之介《しんのすけ》がほめたが、久美子《くみこ》はにこりともしない。

貢《みつぐ》は持《も》ってきたマヌカ・ハニーの瓶《びん》を久美子《くみこ》にわたした。

「なめるとどうなるの？」

久美子《くみこ》がきいた。

「悪霊《あくりょう》の力《ちから》が落《お》ちることはたしかだ」

宇野《うの》が言《い》った。

「そうか。そこで、かんしゃく玉《だま》を破裂《はれつ》させれば、悪霊《あくりょう》は逃《に》げだす。そういうことか」

安永《やすなが》がうなずいた。

「ところで、先生《せんせい》たちはどこに監禁《かんきん》されてるの？」

ひとみがきいた。

「職員用《しょくいんよう》のロッカーに閉《と》じこめられている」

「それでは決《き》まりだ。まず、久美子《くみこ》が校長室《こうちょうしつ》へ行《い》って、鳥山《とりやま》にハチミツをなめさせる。そこで安永《やすなが》と柿《かき》沼《ぬま》がかんしゃく玉《だま》を破裂《はれつ》させる。その音《おと》が聞《き》こえたら、おれたちは美術室《びじゅつしつ》とロッカーに分《わ》かれて全員《ぜんいん》を救《すく》いだす」

英治《えいじ》が言《い》いおわると、「久美子《くみこ》、行《い》け」と、安永《やすなが》が久美子《くみこ》に言《い》った。

6

久美子《くみこ》が校長室《こうちょうしつ》に入《はい》ると、校長《こうちょう》の椅子《いす》に鳥山《とりやま》と思《おも》われる教師《きょうし》が座《すわ》っていた。

「校長先生《こうちょうせんせい》はどこですか？」

ときくと、

「今日《きょう》から、わたしが校長《こうちょう》になったの。用事《ようじ》は何《なに》？」

と言《い》った。

「校長先生《こうちょうせんせい》にハチミツを届《とど》けに来《き》ました」

「ハチミツはわたしの大好物《だいこうぶつ》だけど、種類《しゅるい》は何《なに》？」

「マヌカ・ハニーです」

「それはグッドね。見《み》せてちょうだい」

久美子《くみこ》がハチミツの瓶《びん》を机《つくえ》の上《うえ》に置《お》くと、鳥山《とりやま》はさっそくふたをあけて、指《ゆび》を突《つ》っこんだ。

「あ、スプーンをお持《も》ちします」

久美子《くみこ》が言《い》うと、

「これでいいわ」

指《ゆび》にハチミツをべっとりつけるとなめだした。

「おいしい」

鳥山《とりやま》はうっとりとした表情《ひょうじょう》で、何度《なんど》も指《ゆび》を入《い》れてはハチミツをなめている。

瓶《びん》の中《なか》のハチミツを半分《はんぶん》ほどなめたとき、ドアが少《すこ》し開《あ》いて、その隙間《すきま》からかんしゃく玉《だま》が投《な》げこまれた。かんしゃく玉《だま》が破裂《はれつ》すると、鳥山《とりやま》は驚《おどろ》いて、ソファのところまで後《あと》ずさって倒《たお》れた。

久美子《くみこ》は、急《いそ》いでドアから逃《に》げだした。

ドアの外《そと》には安永《やすなが》と柿沼《かきぬま》がいて、

「うまくいったな」

と言《い》って、校長室《こうちょうしつ》の中《なか》をのぞいた。

「見《み》てみろ。鳥山《とりやま》がおかしいぞ」

そこに、宇野《うの》と真之介《しんのすけ》がツボを持《も》って入《はい》ってきた。

鳥山《とりやま》は、ソファにもたれて目《め》を閉《と》じている。

宇野《うの》は机《つくえ》の上《うえ》にツボを置《お》いて、ふたを開《あ》けた。

すると、鳥山《とりやま》の体《からだ》から煙《けむり》のようなものがもくもくと出《で》てきて、ツボの中《なか》に入《はい》っていった。

宇野《うの》は、それが全部《ぜんぶ》ツボの中《なか》に入《はい》るのをたしかめてから、ふたを閉《し》めた。

それと同時《どうじ》に鳥山《とりやま》がソファから起《お》きあがった。

「わたしはどうしてここにいるの？」

鳥山《とりやま》が言《い》った。

「先生《せんせい》の体《からだ》から悪霊《あくりょう》が抜《ぬ》けだしたのです」

宇野《うの》が言《い》ったが、

「わたしに悪霊《あくりょう》が憑《つ》いていたの？」

鳥山《とりやま》は信《しん》じられないようだ。

「そうです。先生《せんせい》はとんでもないことをしていました」

「わたしはまったく覚《おぼ》えていないんだけど、何《なに》をしたの？」

「先生《せんせい》たちをロッカーに監禁《かんきん》し、有季《ゆうき》を彫像《ちょうぞう》に変身《へんしん》させました」

「そんなこと、わたしにできるわけがないわ」

鳥山《とりやま》は何度《なんど》も首《くび》を振《ふ》った。

「先生《せんせい》に取《と》り憑《つ》いた悪霊《あくりょう》がやったんです。でも、もうその悪霊《あくりょう》はこのツボに閉《と》じこめたので、今《いま》ごろは先生《せんせい》と同《おな》じように、みんな普段通《ふだんどお》りの姿《すがた》にもどっているはずです」

「では、二度《にど》と悪霊《あくりょう》はあらわれないのね？」

「ええ、その恐《おそ》れはありません」

「よかった」

鳥山《とりやま》は大《おお》きなため息《いき》をついた。

「ただ、まだ校長先生《こうちょうせんせい》の行方《ゆくえ》がわかりません。心当《こころあ》たりはありませんか？」

真之介《しんのすけ》がきいた。

「ごめんなさい。まったく記憶《きおく》がなくて……」

「では、ぼくらで捜《さが》すしかありません。おそらく学校《がっこう》のどこかに監禁《かんきん》されていると思《おも》います」

鳥山《とりやま》と話《はなし》をしていると、ドアを開《あ》けて有季《ゆうき》があらわれた。

「有季《ゆうき》、よく戻《もど》ってきたな。どこにいたか覚《おぼ》えているか？」

真之介《しんのすけ》がきくと、

「美術室《びじゅつしつ》にいたみたいだけど、全然覚《ぜんぜんおぼ》えてないの」

有季《ゆうき》はまだ頭《あたま》がぼーっとしているようだ。

「彫像《ちょうぞう》にされていたんだよ」

宇野《うの》が言《い》った。

「まさか。そんなこと、信《しん》じられません」

「何《なに》も覚《おぼ》えていないんだな。有季《ゆうき》を彫像《ちょうぞう》にしたのは悪霊《あくりょう》なんだぞ」

真之介《しんのすけ》が言《い》った。

「うっそお」

有季《ゆうき》はまったく信《しん》じられないようだ。

「それじゃ、このツボの中《なか》に悪霊《あくりょう》が閉《と》じこめられているんだけど、それも信《しん》じられないか？」

「信《しん》じられない」

「頑固《がんこ》だな」

真之介《しんのすけ》が笑《わら》った。

「悪霊《あくりょう》が二度《にど》とあらわれないようにするには、このツボを深《ふか》い海《うみ》の底《そこ》に沈《しず》めなくちゃいけないんだ」

「へえ、海《うみ》の底《そこ》に？」

有季《ゆうき》はツボと宇野《うの》を怪訝《けげん》そうに眺《なが》めた。

職員室《しょくいんしつ》の前《まえ》の廊下《ろうか》にある職員用《しょくいんよう》のロッカーから次々《つぎつぎ》と教師《きょうし》が出《で》てきた。行方不明《ゆくえふめい》と思《おも》われていた校長《こうちょう》の真辺《まなべ》も、掃除道具《そうじどうぐ》が入《はい》っているロッカーからあらわれた。

教師《きょうし》たちはロッカーに監禁《かんきん》されたことをまったく記憶《きおく》していない。みんな不思議《ふしぎ》そうな顔《かお》をして職員室《しょくいんしつ》に戻《もど》っていった。

「みなさん、悪霊《あくりょう》はもう消《き》えましたからご心配《しんぱい》なく」

宇野《うの》が言《い》ったが、だれも反応《はんのう》しない。

「もう少《すこ》しすれば、みんな元《もと》にもどるだろう」

有季《ゆうき》は宇野《うの》が言《い》ったとおり、十分《ぶん》もするといつもの有季《ゆうき》に戻《もど》った。しかし、彫像《ちょうぞう》にされた記憶《きおく》はまったくないようだ。

「どうしてですか?」

貢《みつぐ》が宇野《うの》にきくと、

「あんな記憶《きおく》は忘《わす》れたほうがいいからさ。それより、このツボを鉛《なまり》で封印《ふういん》したら、明日《あした》にでも海《うみ》に持《も》って行《い》って捨《す》てよう。そうすれば悪霊《あくりょう》は二度《にど》とあらわれない」

と言《い》った。

みんなで、ツボを持《も》って江《え》の島《しま》に行《い》って、漁師《りょうし》に頼《たの》んで沖合《おきあい》まで船《ふね》を出《だ》してもらい、海《うみ》に沈《しず》めてもらおうかと相談《そうだん》していると、真辺《まなべ》がやってきて、「わたしも行《い》く」と言《い》った。

「校長先生《こうちょうせんせい》もひどい目《め》にあいましたもんね」

英治《えいじ》が言《い》うと、

「これでやっと悪夢《あくむ》が終《お》わるんだな。きみたちにはなんとお礼《れい》を言《い》っていいかわからないよ」

真辺《まなべ》は、みんなに向《む》かって深々《ふかぶか》と頭《あたま》を下《さ》げた。

「おれ、校長先生《こうちょうせんせい》に頭《あたま》を下《さ》げられたの、はじめて」

貢《みつぐ》が言《い》ったので、大笑《おおわら》いになった。


その翌日《よくじつ》、真辺《まなべ》と美沙《みさ》も呼《よ》んで江《え》の島《しま》に行《い》った有季《ゆうき》たちは、ツボを海《うみ》に沈《しず》めた。すると、不思議《ふしぎ》なことに宇野《うの》に取《と》り憑《つ》いていた霊《れい》もいなくなって、元《もと》の宇野《うの》に戻《もど》った。


「どうしたんだろう?」

英治《えいじ》が真之介《しんのすけ》にきくと、

「あの霊《れい》も解放《かいほう》されたんです」

真之介《しんのすけ》は海《うみ》を見《み》つめながら言《い》った。

「もう出《で》てこないのか?」

「出《で》てこないと思《おも》います」

真之介《しんのすけ》もさびしげな顔《かお》をした。

「二度《にど》と会《あ》えないと思《おも》うと、もう一度《いちど》会《あ》いたくなるもんだよな」

英治《えいじ》が言《い》うと美沙《みさ》が、「須藤《すどう》くんに会《あ》いたいな」と言《い》った。

「そうだよな。須藤《すどう》はきみにとって、かけがえのない友《とも》だちだったんだからな。気持《きも》ちはわかるよ」

英治《えいじ》が言《い》うと、美沙《みさ》はぽろりと涙《なみだ》を落《お》とした。

「女《おんな》の子《こ》を泣《な》かせちゃって、悪《わる》いやつ。おまえだって、ひとみがいなくなったらってことを考《かんが》えろよ」

柿沼《かきぬま》に言《い》われて、英治《えいじ》は返《かえ》す言葉《ことば》がなかった。

「それにしても、どうして真《しん》は須藤《すどう》の霊《れい》と連絡《れんらく》がとれたんだ？」

貢《みつぐ》がきいた。

「そのことか。ぼくはもともと須藤《すどう》を知《し》っていたんだ。いじめを受《う》けていたとは聞《き》いていたけど、何《なん》の相談《そうだん》もなく突然《とつぜん》自殺《じさつ》してしまって……。その後《あと》、お母《かあ》さんから須藤《すどう》が書《か》いたというぼく宛《あて》の手紙《てがみ》をもらった。そこには、『ぼくはあの世《よ》を信《しん》じる。だからきっとまたきみの前《まえ》にあらわれる』って書《か》いてあったんだ」

「それって、幽霊《ゆうれい》になってあらわれるってことか？」

「ぼくだって、最初《さいしょ》はそんなこと信《しん》じられなかった。でも、有季《ゆうき》から広樹《ひろき》の話《はなし》を聞《き》いた時《とき》に確信《かくしん》した。須藤《すどう》が取《と》り憑《つ》いたに違《ちが》いないって」

「そうは言《い》うけど、真《しん》が広樹《ひろき》の話《はなし》を聞《き》いたのは、広樹《ひろき》が引《ひ》っこしちゃった後《あと》だろ？」

「そう。だから、広樹《ひろき》の体《からだ》を離《はな》れてからさ。須藤《すどう》の霊《れい》がぼくのところにやってきたのは」

「そういうことだったのか」

貢《みつぐ》は納得《なっとく》したようだ。

「だけど、今日《きょう》ツボを海《うみ》に沈《しず》めちゃったから、これからは須藤《すどう》の霊《れい》と話《はな》すことはできなくなるんだろう？

よかったのか？」

英治《えいじ》がきいた。

「いいんです。悪霊《あくりょう》を鎮《しず》めるために、須藤《すどう》がそうしてくれと言《い》ったんですから」

真之介《しんのすけ》がさびしそうに海《うみ》を見《み》つめた。

「でも、わたしは今《いま》でも霊《れい》なんて信《しん》じないよ」

有季《ゆうき》はそっと貢《みつぐ》に耳打《みみう》ちした。

「有季《ゆうき》なら、そう言《い》うと思《おも》った」

貢《みつぐ》が言《い》った。

あとがき

今回《こんかい》の2A探偵局《ツーエーたんていきょく》は、タイトルに「都市伝説《としでんせつ》」と入《い》れたので、驚《おどろ》いた読者《どくしゃ》もいるのではないかと思《おも》う。

都市伝説《としでんせつ》というのは現代《げんだい》の不思議《ふしぎ》な話《はなし》のことである。

この物語《ものがたり》は、東部中学校《とうぶちゅうがっこう》に広樹《ひろき》という転校生《てんこうせい》がやってきたところから始《はじ》まる。

転校生《てんこうせい》というのはクラスの悪《わる》ガキにとってかっこうのターゲットである。先生《せんせい》から仲《なか》よくするようにと言《い》われても、ついちょっかいを出《だ》したくなる。

広樹《ひろき》も、学校《がっこう》からの帰《かえ》り道《みち》に悪《わる》ガキたちがあらかじめ作《つく》っておいた落《お》とし穴《あな》に落《お》とされそうになった。

しかし、広樹《ひろき》が落《お》とし穴《あな》の目《め》の前《まえ》で身《み》をかわしたので、案内役《あんないやく》の悪《わる》ガキグループの一人《ひとり》が、代《か》わりにそこに落《お》ちてしまう。

単《たん》なる偶然《ぐうぜん》なのか。それとも、もともと落《お》とし穴《あな》の場所《ばしょ》を知《し》っていたのか。

このままでは気《き》がすまない悪《わる》ガキグループは、あの手《て》、この手《て》で広樹《ひろき》をおとしいれようとするが、ことごとく失敗《しっぱい》する。そればかりか、広樹《ひろき》はボスの哲也《てつや》の危機《きき》を救《すく》ってくれまでする。

不思議《ふしぎ》な行動《こうどう》を繰《く》りかえす広樹《ひろき》だが、本人《ほんにん》は素知《そし》らぬ顔《かお》。気味《きみ》が悪《わる》くなった悪《わる》ガキたちは、容易《ようい》に手《て》が出《だ》せなくなった。すると、広樹《ひろき》は突然《とつぜん》、また転校《てんこう》していってしまった。

そんな中《なか》、哲也《てつや》の妹《いもうと》、みどりがいなくなった。不思議《ふしぎ》な力《ちから》を持《も》った広樹《ひろき》はもういない。困《こま》った悪《わる》ガキたちは2A探偵局《ツーエーたんていきょく》に相談《そうだん》にやってくる。

みどりを連《つ》れさったのはだれか？

誘拐《ゆうかい》というよりは人《ひと》さらいではないかと思《おも》った有季《ゆうき》に、真之介《しんのすけ》が思《おも》いもよらないことを言《い》いだす。真《しん》之介《のすけ》の言葉《ことば》を信用《しんよう》しようとしない有季《ゆうき》の目《め》の前《まえ》で、奇妙《きみょう》な事件《じけん》がつぎつぎと起《お》こっていく。

この不思議《ふしぎ》な転校生《てんこうせい》の話《はなし》、読者《どくしゃ》のみなさんは信《しん》じますか？　それとも、霊《れい》が取《と》り憑《つ》くなんてありっこないと思《おも》いますか？

世《よ》の中《なか》で起《お》きることには、科学《かがく》では証明《しょうめい》できないことがいくらでもあります。

これはそんなお話《はなし》のひとつです。感想《かんそう》はいかがですか。お知《し》らせください。

二〇一七年《ねん》七月《がつ》

宗田《そうだ》　理《おさむ》

＊宗田理《そうだおさむ》さんへのお手紙《てがみ》は、角川《かどかわ》つばさ文庫編集部《ぶんこへんしゅうぶ》へお送《おく》りください。
〒102−8078　東京都千代田区富士見《とうきょうとちよだくふじみ》1−8−19
角川《かどかわ》つばさ文庫編集部《ぶんこへんしゅうぶ》　宗田理《そうだおさむ》さん係《がかり》

宗田 理／作
東京都生まれ。『ぼくらの七日間戦争』をはじめとする「ぼくら」シリーズは中高生を中心に圧倒的人気を呼び大ベストセラーに。著作に『ぼくらの天使ゲーム』『ぼくらの大冒険』『ぼくらと七人の盗賊たち』『ぼくらの学校戦争』『ぼくらのデスゲーム』『ぼくらの南の島戦争』『ぼくらの㊥バイト作戦』『ぼくらのＣ計画』『ぼくらの怪盗戦争』『ぼくらの㊫会社戦争』『ぼくらの修学旅行』『ぼくらのテーマパーク決戦』『ぼくらの体育祭』『ぼくらの太平洋戦争』『ぼくらの一日校長』『ぼくらのいたずらバトル』『ぼくらの㊙学園祭』『ぼくらの無人島戦争』『ぼくらのハイジャック戦争』『２年Ａ組探偵局 ラッキーマウスと３つの事件』『２年Ａ組探偵局 ぼくらのロンドン怪盗事件』（角川つばさ文庫）など。

YUME ／絵
イラストレーター。挿絵を担当した作品に『ぼくらのハイジャック戦争』『ヒロシマの風　伝えたい、原爆のこと』『バケモノの子』(角川つばさ文庫)などがある。

角川《かどかわ》つばさ文庫《ぶんこ》　Bそ1-58

２年《ねん》Ａ《エー》組《くみ》探《たん》偵《てい》局《きょく》
ぼくらの都《と》市《し》伝《でん》説《せつ》

作《さく》　宗田《そうだ》 理《おさむ》
絵《え》　YUME《ゆめ》
キャラクターデザイン　はしもとしん

2017年８月15日　初版発行

発行者　郡司 聡
発　行　株式会社KADOKAWA
〒102-8177　東京都千代田区富士見 2-13-3
電話　0570-002-301（ナビダイヤル）
印　刷　大日本印刷株式会社
製　本　大日本印刷株式会社
装　丁　ムシカゴグラフィクス

ISBN978-4-04-631675-2　C8293　　N.D.C.913　231p　18cm